Zur grauen Stunde

Zur grauen Stunde

für Charly, Mads und Maggie

Angela Schmitzberger

ZUR GRAUEN STUNDE

Bibliografische Information der Deutschen Nationalbibliothek:
Die Deutsche Nationalbibliothek verzeichnet diese Publikation in der
deutschen Nationalbibliografie; detaillierte biografische Daten sind
im Internet über dnb.dnb.de abrufbar.

Die automatisierte Analyse des Werkes, um daraus Informationen
insbesondere über Muster, Trends und Korrelationen gemäß § 44b
UrhG („Text und Data Mining") zu gewinnen, ist untersagt.

Satz, Umschlaggestaltung, Herstellung und Verlag:
BoD – Books on Demand, Norderstedt

ISBN 978-3-7597-1674-3

PROLOG
TOSENDES FEUER IM MITTERNACHTSBLAU

Nachdem ich aufgewacht war, loderte gleißendes Feuer in mir, eine Kraft, die ich so nicht kannte. Ich wischte mir den kalten Schweiß von der Stirn und blickte durch die Dachluke hinaus in die Nacht. Meine Träume hatten mich zur dunkelsten Stunde aus dem Schlaf gerissen – jene Zeit, in der die Luft am klarsten war und der Himmel geradezu pechschwarz erschien, ehe der Mitternachtsglanz verschwinden und sich ein sanfter Grauschleier über die Landschaft legen würde. Erschöpft und hellwach zugleich richtete ich mich auf. Alles in mir zog mich hinaus in die unendliche Weite, und ich war gewillt, diesem Drang zu folgen.

Der Weg unter meinen Füßen war schmal und kaum zu erkennen. Über und über mit Sand bedeckt und von Wurzeln durchzogen, tat man sich schwer, geradeaus zu gehen und dabei nicht zu stolpern. Doch ich konnte das Rauschen der Wellen schon hören, das Salz in der Luft schmecken und die warmen Funken in mir spüren, die mir die Szenerie um mich herum zu geben vermochten. Ein Gefühl der Erleichterung breitete sich in mir aus, nach und nach, von innen nach außen, bis es mit meiner Umgebung verschmolz. Endlich war die Verzweiflung gewichen. Endlich konnte ich auch etwas anderes wahrnehmen. Als wäre es alles gewesen, was ich brauchte, um bis ans Ende zu gehen. Weit konnte es nicht mehr sein, doch der Großteil des Pfades vor mir ertrank in dichtem Nebel und ließ mich im Unklaren über dessen Ausgang – und so blieb ich alleine mit meinen Gedanken.

In meinem Inneren eingesperrt in einen goldenen Käfig, geschickt getarnt als liebevoller Mantel. Gefüttert mit Meinungen und Ansichten, die nicht meine eigenen waren, wie ein Singvogel, der zum Schweigen gebracht werden sollte. Geblendet von der Offensichtlichkeit der Vorspiegelung falscher Tatsachen und abgeschottet vom Einfluss derer, die mich hätten zur Vernunft bringen können. Es war eine zerstörerische Tragödie gewesen, die ich über Jahre hinweg mit Wohlwollen erduldet hatte, bis ich selbst nicht mehr sehen konnte, was tragisch daran war, hatte ich doch auch nichts Tragisches in ihm gesehen, der Ursache des Ganzen. Ich hatte mich immer für klug genug gehalten, um zu erkennen, wann ich benutzt wurde. Doch nun, im Bewusstsein eines gebrochenen Daseins, das ich nicht länger führen wollte, musste ich feststellen, wie sehr ich mich in diesem Punkt getäuscht hatte. Und nun war es auch an der Zeit, einzusehen, dass es nicht der einzige Punkt der Täuschung gewesen war.

In der frischen Luft des Mitternachtsglanzes wurde mein Kopf klarer, meine Gedanken freier. Der Weg endete hier an den mattweißen Klippen, die ebenso anmutig aus der Erde ragten wie bedrohlich. Das Rauschen der Wellen weit unter mir war inzwischen so laut, dass ich kaum noch meinen eigenen Atem hören konnte, und dennoch war ich frei im Geist, frei im Tun, frei bei mir. Ich warf einen Blick auf den Abgrund, der eine malerische Szenerie aus tosendem Wasser, schroffen Steinen und durchtränktem Sand darbot, und sah, dass mir kein Schritt mehr nach vorne blieb. Es erschien mir wie ein sanfter Ausweg aus einem fremdbestimmten Dasein, das keine Möglichkeit des Ausweges zu bieten hatte. Die Freiheit war bereits greifbar. Nur noch ein Schritt.

Ich atmete tief ein, und da war es wieder: tosendes Feuer. Kein Funke, kein Anflug von Glut oder eine schwache Flamme. Nein. Tosendes Feuer. Ob es nun durch den Fiebertraum entfacht wurde oder ob der Mitternachtsglanz der dunkelsten Stunde dafür gesorgt hatte; all dies spielte keine Rolle. Denn von diesem Augenblick an wusste ich, ich konnte wieder selbst entscheiden, welches die nächsten Schritte waren. Von diesem Augenblick an entschied ich mich, nach Hause zu gehen – gerade als sich das Licht Bahn brach und alles in einen zarten Graustich tauchte und die Umrisse der Natur in einem tiefen Schwarz hinterließ. Um mich herum der Beginn der grauen Stunde, in mir tosendes Feuer.

DIE FLUCHT

Manchmal, wenn wir mutig genug sind, wagen wir einen Schritt, den wir selbst kaum für möglich gehalten hätten. Wir lassen die Komfortzone weit hinter uns und schaffen Dinge, die uns über uns selbst staunen lassen. Wir schaffen Platz für Veränderungen und werden zur Inspiration für andere. In meinem Fall geschah dies jedenfalls so. Obgleich ich keinen meiner Schritte aus einem Gefühl des Mutes oder aus einer überwältigenden Zuversicht heraus setzte, sondern vielmehr aus Angst. Angst und dem Bewusstsein, keine andere Wahl zu haben.

Ich setzte mich mit einer Tasse frisch gebrühten Kaffees hinaus auf den Balkon und atmete die frische Morgenluft ein. Die Sonne war kaum aufgegangen, doch der blassviolette Schimmer am Horizont hatte den Grauschleier bereits verdrängt und verriet, dass der neue Tag ebenso schön werden würde wie die Tage zuvor. Ich beobachtete meinen tanzenden Atem in der Luft, blickte in die Ferne und genoss die aufkeimende Stimmung der Veränderung. Es war, als hätte der Herbst den Sommer zum Abschied sanft geküsst, um einen Moment des Friedens zu kreieren. Einen Moment, an den ich mich noch lange würde erinnern können, da ich wusste, all das – mein Zuhause, meine Zuflucht, die Gewissheit eines glücklichen Augenblicks und die wohlige Ruhe in mir – all das wäre nicht möglich, hätte ich nicht vor Monaten die mutigste Entscheidung meines Lebens getroffen und die Flucht ergriffen. Und obwohl diese Entscheidung nicht aus Mut im eigentlichen Sinne zustande gekommen war, würde es dennoch immer das Tapferste bleiben, das ich je bereit gewesen war zu tun.

Fast alles, wofür ich mich bis dahin entschieden hatte, geschah aus Angst. Ich kannte dieses Gefühl ebenso gut wie einen alten Freund und sah in ihm stets einen zuverlässigen Ratgeber. Auf diese Weise mochten vielleicht nicht die besten Entschlüsse gefällt werden, doch sie waren schnell getroffen, ließen nur eine Möglichkeit des Handelns zu und hatten ebenso ihre Daseinsberechtigung wie eine unumstößliche Wahrheit, die niemand hören mochte. Es war der einfache Weg, auf die Angst zu hören. Und es war der mir vertraute Weg.

Umso bemerkenswerter waren all jene Situationen, in denen ich frei von Angst handelte. In meiner Beziehung geschah genau das. Mein Partner gab mir Sicherheit. Mit ihm erfuhr ich Stabilität, Gewissheit und das Positive in dem Bewusstsein, ein durch und durch geplantes Leben führen zu können. Hochzeit, Haus, Kinder – alles war vorherbestimmt. Für einige mag dies vielleicht bedauernswert erscheinen, doch für mich war es alles, was ich zu brauchen glaubte. Ohne zu wissen, was die Zukunft tatsächlich für mich bereithielt selbstredend, denn mit der Angst verhielt es sich immer gleich: Sie kam erst schleichend, kaum merklich und dann, im nächsten Moment, schlug sie mit voller Wucht zu, gleich einer übermächtigen Naturgewalt im Angesicht derer es kein Entkommen gab. Sie sollte eines Tages auch über meine sicher geglaubte Beziehung herrschen, doch bis ich dies erkannte, war es bereits zu spät.

Zu Beginn freilich hat man nur die ideale Partnerschaft im Blick: Vertrauen, Verständnis, Loyalität. In ihm schien ich all das gefunden zu haben und dabei war er ebenso sehr mein größtes Glück wie ich seines. Er war mein bester Freund, ich seine beste Freundin. Er war mein Vertrauter, ich seine Vertraute. Und wir würden füreinander einstehen, um dieses Gefühl der Zusammengehörigkeit aufrechtzuerhalten. Ich erwartete kein ewig währendes Wunderland. Ich wusste, Beziehungen bedeuteten gleichsam

Arbeit, Kompromissbereitschaft und Aufopferung. Doch ich erwartete nicht die Schatten seiner Vergangenheit. Ich erwartete nicht die Abgründe seiner Gegenwart. Und ich erwartete schon gar nicht die Kehrseite einer Zukunft, der ich zugestimmt hatte, ohne es zu wissen.

Die Abgründe der Gegenwart ereilten uns zuerst, als ich ihm von meinem Traum über die Kunst erzählte. Meine Kunst, emotionales Chaos, verlorene Gedanken und stetig wiederkehrende Erinnerungen für alle ersichtlich festgehalten auf Leinwänden, die mein Innerstes widerspiegelten. Es war ein lang gehegter Traum, dessen glimmernde Funken in mir tobten, seit ich denken konnte. Nachdem ich ihm dies offenbart hatte, sicherte er mir seine uneingeschränkte Unterstützung zu, beteuerte mir, wie stolz er auf mich war, und versprach mir, bei jedem Schritt, den ich für diesen Traum zu gehen bereit war, an meiner Seite zu sein. Und ich vertraute ihm zu sehr, als dass ich seine leeren Worte je in Zweifel gezogen hätte. Erst als ich meinen Traum verfolgte und auf erste Hindernisse stieß, bemerkte ich seine Abwesenheit und sein klangvolles Schweigen, das ohrenbetäubend laut in mir widerhallte und jegliches Vertrauen in mir erstickte, das bis zu diesem Zeitpunkt noch existiert hatte. Und so verflüchtigte sich das Gefühl der Loyalität, ohne dass ich es bemerkt hatte.

Die Schatten der Vergangenheit holten uns als Nächstes ein, als mich seine frühere Liebe kontaktierte, um Worte der Warnung an mich zu richten: Er wäre vereinnahmend, manipulativ und sowohl subtil als auch gerissen genug, um beides gerade so lange zu kaschieren, bis er bekommen haben würde, was er wollte. Doch ich fühlte mich zu geborgen in seiner Gegenwart, als dass ich derartigen Bedenken jemals ernsthafte Bedeutung beigemessen hätte. Ich war mir der Gewissheit, er würde mich in all meinen Wünschen unterstützen, zu sicher, als dass ich jemals etwas Gegenteiliges angenommen hätte. Und ich verfügte über zu wenig Erfahrung, als dass ich die Zeichen hätte deuten können, die bereits klar ersichtlich gewesen waren: Zu jener Zeit nämlich schien mein Traum in weite Ferne zu rücken. Nach und nach zog ich mich weiter zurück, verbiss mich in eine Idee, die nicht länger zur Sprache kam, wenn es um unsere gemeinsame Zukunft ging, während letztere eine immer deutlichere Gestalt annahm.

Insgeheim wusste ich, was ich zu erwarten hatte. Beinah fürchtete ich, dass es wahr werden würde. Ich sollte erfahren, dass ich Recht behielt, als er mich an jenem Tag zu jenem zauberhaften Ort brachte, der mir bis dahin immer der liebste gewesen war: Ein abgelegener kleiner Bergsee, eingebettet in eine malerische Kulisse wie im Märchenbuch. Die Zeit stand still an jenem Ort, auch an diesem Tag, als ich nervös auf der alten Holzbank hin und her rutschte, darauf wartend, dass er zu mir kam, sich neben mich setzte und die Aussicht mit mir genoss. Als ich hoffte, er würde sich einfach neben mich setzen. Stattdessen jedoch ging er auf die Knie, in seiner Hand ein Schächtelchen vom Juwelier, aus seinem Mund die Worte, mit denen ich gerechnet hatte. Und als würde ich mich selbst in einem Film sehen, beobachtete ich mich dabei, wie ich »ja« sagte.

Damit hatte ein neuer Traum begonnen, von dem ich dachte, er wäre meiner. Ein Traum, der mich an jenem Tag, zu jenem Zeitpunkt, mit einer derart unerwarteten, doch zugleich überschwänglichen Euphorie erfüllte, sodass ich gar nicht bemerkt hatte, von wem die Idee dafür im Grunde stammte. Ich fing an, diesen neuen Traum über viele Monate hinweg zu verinnerlichen. So lange, bis er mich erfüllte, ausfüllte und ganz und gar vereinnahmte. So lange, bis nichts mehr von mir übrig war. Und so verflüchtigte sich das Gefühl der Geborgenheit, ohne dass ich es bemerkt hatte.

Die Kehrseite der geplanten Zukunft sollte sich erst zum

Schluss zeigen, als mein tot geglaubter Traum erneut Funken versprühte. Ich hatte nicht ahnen können, dass ihr Knistern im Grunde niemals bis zu mir hätte durchdringen sollen, doch ein Wink des Schicksals, ein Augenblick der Unachtsamkeit oder vielleicht auch nur der bloße Zufall sorgte dafür, dass mich eines späten Winterabends der Anruf eines Galeristen erreichte. Seit Wochen hatte ich auf eine Rückmeldung gewartet. Es war der letzte seidene Faden, der mir geblieben war auf der Suche nach einer Identität, die inzwischen nur noch als schales Abbild ihrer selbst existierte.

Ob ich mir sicher war, meine Bilder nicht für die Ausstellung im kommenden Monat freigeben zu wollen, fragte die Stimme am Telefon. Ich war derart perplex, dass ich nichts weiter entgegnen konnte als ein heiser klingendes »Wie bitte?«. Was daraufhin folgte, überschritt sämtliche Grenzen meiner Vorstellungskraft: Ich hatte bereits vor Tagen eine Zusage der Galerie erhalten. Meine Bilder hätten ausgestellt werden sollen. Es war schon alles in die Wege geleitet worden, ehe ich angeblich eine Absage per Mail ausgeschickt hatte.

Alles Weitere an jenem Abend geschah aus einem bloßen Instinkt heraus: Ich ließ mein Telefon fallen. Ich antwortete nicht mehr. Ich sank auf die Knie und schloss gedankengeplagt meine Augen, während ich versuchte, das entstellte Mosaik meines Lebens zu einem klaren Bild zusammenzusetzen. Ich nahm nicht wahr, dass der Anrufer schließlich wieder auflegte, dass sich meine Fingernägel schmerzhaft in meine Handflächen bohrten oder dass mein Verlobter all die Zeit über im Türrahmen gestanden hatte. Erst als ich den einzig logischen Schluss aus dieser nur allzu bewusst kontrollierten Fügung zuließ und mich suchend nach ihm umblickte, begegnete ich seinem furchterfüllten Blick. Furcht davor, ich würde mich von ihm abwenden. Furcht davor, nicht alles in ein schmeichelhaftes Licht rücken zu können – als wäre dies möglich, nachdem er über Jahre hinfort meinen Traum im Keim erstickt hatte. Nachdem er mein Vertrauen missbraucht, über meinen Kopf hinweg entschieden und in meinem Namen gehandelt hatte. Und dennoch war nach all dem keine Furcht größer als jene davor, die Kontrolle zu verlieren. In dieser Nacht aber, als er sich vor mir auf dem kalten Parkettboden des Wohnzimmers niederhockte, scheinbar reumütig und einsichtig, war genau das geschehen: Er hatte die Kontrolle über mich verloren. Und so verflüchtigte sich das Gefühl der Liebe, ohne dass ich es bemerkt hatte.

Angst schlich sich in unsere Beziehung und übernahm die Vorherrschaft. Mein Partner war zu einem anderen Menschen geworden, den ich auf einmal nicht mehr einzuschätzen wusste. Nicht nur dass er dabei zugesehen hatte, wie ich jegliche Zuversicht verlor, ich wusste nunmehr, dass er die ganze Zeit über die Ursache dafür gewesen war. Und mit einem Mal bekamen meine Erinnerungen an unsere gemeinsame Zeit einen bitteren Beigeschmack. Mit einem Mal erschien er mir wie eine tickende Zeitbombe. Mit einem Mal fühlte ich mich nicht mehr sicher. Und als er mir schließlich beteuerte, all das hinter sich lassen und meinen Traum weiterhin unterstützen zu wollen, war es eine Eingebung des Augenblicks, die mich dazu brachte, mir Jacke und Schuhe zu schnappen und unsere Wohnung ohne ein weiteres Wort zu verlassen. Ich dachte nicht weiter über mein Verhalten, dessen Konsequenzen oder dessen Auslegung in den Augen anderer nach und flüchtete mich in die Nacht.

An der frischen Luft unter dem Vollmond hatte ich endlich wieder das Gefühl, frei atmen zu können – und ich kostete es aus, selbst nach Stunden des anhaltenden Schneefalls. Ich nutzte jedes bisschen Freiheit, um die Panik in mir abzuwenden, die sich auszubreiten versuchte, allein bei dem Gedanken, in die gemeinsame Wohnung zurückzukehren. Letztlich war es jedoch genau dieses

Gefühl, das mich dazu brachte, über mich hinauszuwachsen – ein zuverlässiger Ratgeber, wie schon immer.

Am nächsten Tag packte ich meine Koffer und verließ unser Zuhause für immer. Ich wusste nicht mehr, wie meine Zukunft aussehen würde, und ich war auch noch immer nicht ganz bei mir, sondern in dem Glauben, die Liebe meines Lebens durch meine eigene Schuld verloren zu haben. Mein Weltbild war erschüttert, mein Herz gebrochen und mein Glück schien mir für immer verloren. Doch an jenem Tag nach jener Nacht ließ mir meine Angst keine andere Wahl als die Flucht vor dem, was ich nunmehr mein altes Leben nannte.

Die ersten Herbsttage waren mir immer schon die liebsten gewesen. Sie versprachen den schönsten Neubeginn mit all ihrer Farbenpracht und doch war es diesmal der erste Herbst, der sich tatsächlich nach einem Neubeginn anfühlte, dachte ich. Frei von Angst, frei von Zweifel, frei von Missgunst. Stattdessen …

Deine Arme umfassten mich von hinten und zogen mich in eine warme, innige Umarmung. Ich hatte dich gar nicht kommen gehört, und die Unmittelbarkeit deiner Gegenwart hätte mich ebenso gut erschrecken lassen können, doch alles, was du tatst, hatte einzig eine wohlige Wirkung auf mich. Ich hatte Loyalität, Vertrauen und Freiheit in dir wiedergefunden. Und so trug mich meine Flucht weit fort von einer Zukunft, die nicht dazu bestimmt war, meine zu sein, und brachte mich zu dir.

ZEIT DER TRAUER

Es war einer dieser Momente vollkommenen Glücks, der mich zurückblicken ließ auf eine Zeit, in der ich dachte, eben solche nie wieder erleben zu können. Ich hatte mich auf das Balkongeländer hinter den Blumenkisten gesetzt, einen kleinen Vorsprung aus altem Holz, der jedenfalls breit genug war, um uns beiden Platz zum Sitzen zu bieten. Ich mochte die Perspektive von dort oben, und ich genoss das Gefühl, alles überblicken zu können. Du hingegen zogst es vor, stehen zu bleiben. So waren unsere Köpfe beinahe auf derselben Höhe. Dein rechter Arm umschloss sachte meine Taille, und du sagtest zwar, du würdest keine Angst um mich haben, ganz gleich wie oft ich auch auf das Geländer klettern würde, doch ich wusste, dein Griff geschah nicht grundlos. Mit der linken Hand nahmst du mir meine Kaffeetasse ab, um dir schelmisch grinsend einen Schluck zu stibitzen. Mein Blick wanderte von den bunten Herbstwäldern in der Ferne zu deinem Gesicht dicht neben meinem, als du gerade die Pointe einer deiner Reisen zum Besten gabst. Deine Augen funkelten dabei. Es war der perfekte Beginn eines Samstagmorgens. Genau so und nicht anders würde ich es immer haben wollen, dachte ich mir. Genau so hätte ich es mir noch vor einem Jahr nicht einmal in meinen schönsten Tagträumen ausmalen können.

Rückblickend betrachtet, hatte ich mit meiner Flucht durch Nacht und Nebel eine der mutigsten Entscheidungen meines Lebens getroffen. Sie mochte nicht aus Mut heraus entstanden sein, doch sie hatte mir alle Tapferkeit abverlangt, die ich aufzubringen vermochte. Die Alternative wäre ein Leben in ständiger Angst und unfreiwilliger Fremdbestimmtheit gewesen. Ein Leben, in dem ich einen nach außen liebevollen Partner gehabt hätte, während ich selbst kaum noch neben ihm existierte. Die Beziehung zu beenden und vor einer solchen Zukunftsperspektive zu fliehen, war das einzig Richtige gewesen. Rückblickend betrachtet, war mir das vollkommen klar. Doch als ich an jenem verschneiten Tag mit all meinen Habseligkeiten das Treppenhaus hinunterwankte, um in ein vollgepacktes Auto zu steigen, fühlte es sich an, als würde mich ein schleichender Tod ereilen. Ich konnte kaum atmen. Meine Beine hielten mich mehr schlecht als recht und mir war bereits seit Stunden übel. Es muss sein, dachte ich mir. Es gibt keinen anderen Weg. Und also stieg ich in das Auto, schloss die Tür hinter mir und sah zu, wie mein Zuhause langsam im Rückspiegel verschwand.

Erst als dieser Schritt getan war, ließ ich von der Kontrolle über meine Emotionen ab und begann aus tiefstem Herzen zu schluchzen. Minutenlang. Ununterbrochen, solange die Autofahrt dauerte. Alles, woran ich denken konnte, war, dass es meine eigene Entscheidung gewesen war, ein Leben hinter mir zu lassen, von dem ich glaubte, es wäre alles, was ich je gewollt hatte. Eine Liebe, von der ich dachte, sie wäre so echt, so tief und so erfüllend wie keine andere. Und ich hatte all das aus freien Stücken aufgegeben, wohl wissend, dass ich nun nichts mehr wusste. Alles war nun unklar und verschwommen. Wie würde meine Zukunft aussehen? Würde ich jemals wieder glücklich sein können? Welche Schritte sollte ich als Nächstes setzen? Ich hatte unendlich viele Fragen und auf keine davon wusste ich eine Antwort. Damit war auf einen Schlag alle Sicherheit verschwunden, die ich in den vorangegangenen Jahren lieben gelernt hatte und die ich nunmehr so schmerzlich vermisste wie die Sonne den Mond.

Die Stimme der Vernunft sagte mir, ich könne neue Pläne machen – jetzt war schließlich wieder alles offen. Zahlreiche

Möglichkeiten lagen vor mir, tollkühne Fantasien, die nur darauf warteten, entfesselt und in die Tat umgesetzt zu werden. Doch alles, was ich spürte, waren Trauer und Leere. Kraftlos aufgrund der schlaflosen Nächte, die hinter mir lagen, und ausgezehrt von den Ansichten der Menschen um mich herum, war ich abgestumpft und taub geworden. Ans Pläneschmieden war nicht einmal zu denken. Stattdessen besann ich mich darauf, die Stunden, die vor mir lagen, möglichst unbeschadet zu überstehen. Zwar war ein Teil von mir stolz auf jene mutige Entscheidung, die hinter mir lag. Doch ein anderer Teil gab sich lieber der Annahme hin, ich wäre nichts weiter als eine impulsive Versagerin, die wissentlich alles aufgegeben hatte, das sie hätte glücklich machen können. Und während beide Teile in mir um die Oberhand kämpften, kam ich spärlich dazu, ein wenig Schlaf nachzuholen, als ich unruhig auf einer kleinen Couch rastete, die bei der kleinsten Bewegung kratzte und quietschte.

Das war also mein neues Leben. Alles, was ich hatte, hatte ich eingetauscht gegen dutzende Umzugskartons, in denen mein gesamtes Hab und Gut verstaut war, und eine unbequeme, viel zu laute Couch, untergebracht in meinem alten Kinderzimmer. Ich wollte nicht undankbar erscheinen; ich war unsagbar froh über die Möglichkeiten, die ich hatte: Ein verständnisvolles und trostspendendes Umfeld, ein Sicherheitsnetz, wenn man so wollte, und eine Bleibe, die mich anstandslos in Empfang genommen hatte, als sei es das Selbstverständlichste auf der Welt. Ich wusste, ich konnte so lange bleiben, wie es nötig war. Ich verspürte weder Druck noch Kritik; noch nicht einmal Mitleid. Ich hatte alles, was ich brauchte. Doch ich zog die Entscheidung meiner Flucht immer noch in Zweifel und ich sehnte mich immer öfter nach einem einsamen Ort – nach einem Ort nur für mich allein –, obgleich ich wusste, dass es gerade in dieser Zeit wichtig war, nicht alleine zu sein.

Die Tage vergingen, ohne dass es einen solchen Rückzugsort gegeben hatte. Doch meine Trauer lebte ich aus. So lange, bis sie allmählich zu schwinden begann. Es kam der Tag, an dem ich wieder schlafen konnte, ohne von Albträumen aufgeweckt zu werden. Kurz darauf kam der Tag, an dem ich wieder essen konnte, ohne dass mir sofort übel wurde. Ein Tag, an dem ich lernte, mich mit einem Leben aus Kisten zu arrangieren und mich mit der Flexibilität und der Freiheit anzufreunden, die sie für mich repräsentierten. Und ein Tag, an dem mich meine Freundin Ames seit Langem wieder fragte, ob ich mit ihr und ein paar Freunden ins Kino gehen wolle. Ich traute meinen Ohren nicht, als ich ein instinktiv zustimmendes »Ja« von mir gab. Ich überlegte nicht lange und ein wenig Ablenkung fernab der ewig unbequemen Couch konnte nicht schaden, dachte ich, und so blieb es dabei.

Ich verbrachte einen wundervollen Abend mit Freunden, legte den Kummer für ein paar Augenblicke ab und konnte sie endlich sehen, die Möglichkeiten, die nunmehr vor mir lagen, eine tollkühner als die andere. In den darauffolgenden Tagen kehrten diese Momente wieder und ich tat, was ich noch vor Wochen für unmöglich gehalten hatte: Ich schmiedete Pläne für ein neues Leben, das nun ganz und gar mir gehörte – bedingungslos, unabhängig, frei. Bei dem Gedanken konnte ich erstmals jene Funken in mir spüren, die mein Herz zum Tanzen brachten und die in nicht allzu ferner Zukunft zu einem tosenden Feuer heranwachsen würden. Es gab nun nur noch mich, dachte ich. Keine Kompromisse mehr, keine unliebsamen Entscheidungen mehr gegen meinen Willen, keine Rechtfertigungen mehr. Nur noch mich und meine unbändige, zurückerkämpfte Freiheit.

Ich begann, mir eine eigene Wohnung zu suchen, mich nach einem Auto, einem Bett, einer Couch umzusehen – meiner eigenen diesmal. Ich musste wieder ganz von vorne anfangen und ich würde lügen, würde ich behaupten, dass mich die Summe an neuen Aufgaben nicht vollkommen überwältigt hätte. Doch ich tat, was ich tun konnte. An guten Tagen, immer dann, wenn mir meine Zukunft funkelnd vor schier endlosen Möglichkeiten erschien, machte ich einen weiteren Schritt auf mein neues Leben zu. Und wie sich zeigte, war das alles, was es brauchte. Ich bekam schrittweise, was ich mir erhoffte, und gewann mit jeder neuen Errungenschaft mehr Zuversicht und Vertrauen in mich selbst – bis ich irgendwann so weit war, wieder an das Glück zu glauben und meinen Kummer gehen zu lassen.

Deine Anekdote über die chaotische Busreise mitten im Nirgendwo am anderen Ende der Welt ließ mich aus tiefster Kehle auflachen. Ich konnte mir bildlich vorstellen, wie du mit deinen Freunden verloren am Straßenrand standest, nicht wissend, ob in dieser Einöde überhaupt noch jemand vorbeikommen würde, innerlich kurz in Panik, doch äußerlich ruhig und entspannt. Wahrscheinlich konntest du dir die ein oder andere zynische Bemerkung nicht verkneifen, ehe du das Ruder in die Hand nahmst und mit einer Selbstverständlichkeit das Beste aus der Situation herausholtest, nur um damit letzten Endes den Tag zu retten.

Du stimmtest in mein Lachen mit ein, und für einen kurzen Moment erfuhr ich genau jenes Glück, von dem ich noch vor einem Jahr geglaubt hatte, es für immer verloren zu haben. In diesem Moment aber nahm ich es ebenso deutlich wahr wie deine Stimme. Und die Freiheit, die Leichtigkeit, das Feuer in mir – dies waren Empfindungen, die ich bis vor kurzem noch nicht einmal gekannt hatte. Mit dir aber waren sie so präsent, als hätte ich sie niemals missen müssen.

WAS WÄRE, WENN …

Irgendwann, nach einer Zeit, die für mich nicht spürbar gewesen war, zwang uns die frische Herbstluft zurück ins Innere meiner Wohnung. Bei meiner zweiten Tasse Kaffee, die ich nunmehr in eine Decke gewickelt auf der Couch genoss, war es das immer gleiche Spiel der morgendlichen Wochenendtage, welches mich unwillkürlich schmunzeln ließ: Du und ich hatten uns in eine schier endlose Diskussion darüber verstrickt, ab welchem Zeitpunkt man von Tradition sprechen konnte. Da wir gleich nach dem Frühstück zum Bootshaus aufbrechen wollten, war der Zeitpunkt nahezu prädestiniert dafür. Und während du strikt den Standpunkt vertratst, dass es mehr als einer Wiederholung bedürfe, war ich der Meinung, eine Wiederholung würde vollauf ausreichen, solange es noch weitere geben würde.

Bis zu diesem Tag hatten wir erst ein Wochenende im Bootshaus verbracht. Dieses würde unser zweites dort sein. Und die einfache Frage danach, ob wir dies nun zur Tradition machen wollten, hatte ausgereicht, um besagte Diskussion in Gang zu setzen. Dabei verloren wir uns in Zeit und Raum – wie es immer geschah – und ich merkte, dass ich mich in dich verliebte. Dass es mehr war als eine kurzzeitige Schwärmerei. Und dass ich skeptisch wurde, als ich begann, meine Gefühle zu hinterfragen: Was, wenn du nicht dasselbe empfandest wie ich? Was, wenn es zwischen uns nicht funktionieren würde? Was, wenn ich dieses neue Leben irgendwann auch hinter mir lassen und als altes Leben betrachten müsste? Das mir verhasste Was-wäre-wenn-Gedankenspiel hatte sich langsam, aber sicher seinen Weg in meinen Kopf erschlichen und begann, mich herauszufordern – so, wie es auch schon Monate zuvor geschehen war.

Was ich nicht gewusst hatte, als ich mich instinktiv für ein selbstbestimmtes Leben entschied, war, dass der erste Schritt bereits getan war, als ich neue Menschen in meinem Alltag willkommen hieß. Menschen, die mein Dasein in andersartig bunte Farben zu tauchen vermochten. Zu jener Zeit hatte ich meinen Traum bereits aufgegeben und durch einen anderen ersetzt. Es war das einzig Richtige, dachte ich. Es würde mich glücklich machen, dachte ich. Alles war genau so, wie es sein sollte, dachte ich. Und doch füllten Ames, Clara, Quinn und Mia, der mit Abstand liebevollste, wenngleich chaotischste Haufen, dem ich je das Glück hatte, begegnet zu sein, eine eigentümliche Leere in mir, von der ich bis dahin nichts geahnt hatte.

Nachdem ich Ames unverhofft in einem Café kennengelernt hatte, als sie mich aus heiterem Himmel bat, vor der Toilette Schmiere zu stehen, da die Türverriegelung defekt war, war mir freilich noch nicht bewusst, wohin diese neue Bekanntschaft führen würde. Über sie lernte ich den Rest der Rasselbande kennen, und alle vier verstanden es, scheinbar mühelos jedem Augenblick mit einer gewissen Unbekümmertheit zu begegnen. Ich verstand es, diese Unbekümmertheit in all ihren Nuancen zu verinnerlichen, und ich konnte regelrecht spüren, wie sie mich mit neuem Leben erfüllte, während ich all die übrigen Augenblicke lang förmlich ausgehöhlt wurde – von außen bis in mein Innerstes hinein.

Ein Ungleichgewicht entstand zwischen dem mir Vertrauten, vermeintlich Sicheren und dem angenehm Unbekannten. Je öfter ich alten Gewohnheiten nachgab, desto mehr sehnte ich mich nach Unbekümmertheit. Ich zog mich immer häufiger in die wohlige Gesellschaft neuer bekannter Menschen zurück, die, wie sich zeigen sollte, zu wahren Freunden werden würden. In ihrer Gegenwart erschien mir nichts unmöglich. Nichts, was mir nicht auch einen Ausweg aus der scheinbar ausweglosen Situation hätte darbieten können, welche ich mein Leben nannte. Zu jener Zeit hatte ich es vielleicht noch nicht kommen sehen, doch diese vier Menschen würden mich auf unwiderrufliche Weise prägen und mich an einen Wendepunkt bringen, der alles verändern sollte. Meine eigene Wohnung, mein eigenes Auto, meine eigenen Ideen, Gedanken und Wünsche – all dies waren die Meilensteine eines neuen Lebens, die ich überdeutlich vor mir sah. Doch mit diesen vier Menschen, mit Ames, Clara, Quinn und Mia hatte alles angefangen.

Nach meiner Flucht war ich für unsere inzwischen regelmäßigen Treffen dankbarer denn je. Es war genau das, was ich brauchte, um nicht von dem Gefühl beschlichen zu werden, allmählich den Verstand zu verlieren: Ames quirlige, spontane Art, die mich in ihren Bann zog. Claras entwaffnende Herzlichkeit. Quinns herausfordernde Sprüche, die es doch tatsächlich immer wieder schafften, mich zum Lachen zu bringen. Und Mias Unverblümtheit, aufgrund derer ich mich nach und nach öffnete. In der gemeinsamen Zeit mit ihnen konnte ich endlich von den gefühlt abertausenden Veränderungen um mich herum ablassen, loslassen und einzig im Augenblick existieren. Umso weniger hatte ich es kommen sehen, als an einem gewöhnlichen Donnerstagnachmittag in einem gewöhnlichen Café eine scheinbar gewöhnliche Frage zu unvergleichlichem Chaos in meinem Kopf führte:

»Und, was hast du nun vor, so als frisch gebackene Single-Frau?«, fragte Mia neugierig.

Ich antwortete ihr nicht. Ihre Frage traf mich derart unerwartet, dass ich noch nicht einmal in diesem Augenblick damit anfangen konnte, mir Gedanken zu dem Thema zu machen – ganz zu schweigen davon, dass ich dies bislang auch noch nie in

Erwägung gezogen hatte. Stattdessen brachte sich Clara in die Diskussion ein:

»Herrgott, Mia! Sie hat sich gerade erst getrennt. Gib ihr doch erst mal ein bisschen Zeit, bevor du sie über ihr Dating-Leben ausfragst!« protestierte sie.

»So war das doch nicht gemeint. Ella, das weißt du, oder?«, fragte Mia, erneut an mich gewandt.

Doch zu diesem Zeitpunkt hatte sich längst ein Wortgefecht zwischen den beiden Freundinnen entwickelt, welches ich in weiterer Folge nur noch am Rande wahrnahm. Sie schienen darüber zu streiten, ob oder wie lange man als »Frau in meinem Alter« – was auch immer das heißen mochte – als Single glücklich sein konnte und ob es überhaupt erstrebenswert war, ständig auf der Suche nach einem Partner zu sein. Aber wie gesagt: Ich bekam das Gespräch nur noch ausschnittsweise mit.

Meine Gedanken hingen indes Mias ursprünglicher Frage nach: Was hatte ich nun vor, da ich wieder Single war? In diesem Moment war mir gerade erst bewusst geworden, dass ich nach jahrelanger Partnerschaft erstmals wieder allein durchs Leben ging. Und doch hatte ich nicht kommen sehen, dass diese einfache Frage dazu imstande sein würde, einen gewaltigen Schwall an Folgefragen zu verursachen, die einander anstießen wie Dominosteine …

Nun gab es also nur noch mich. In Ordnung. Doch was nun? Ein neuer Partner? Ein Leben voller Spektakel, Partys und Sensationen? Eine Karriere auf der Überholspur?

Es gab nur noch mich. Also: Was wollte ich? Musste ich das denn wissen? Musste ich die Antwort auf irgendeine dieser Fragen wissen? Und selbst wenn nicht – was wäre, wenn ich die Antworten niemals finden würde? Was wäre, wenn die Antworten, die in meinem alten Leben immer da gewesen waren, alles waren, was ich je haben würde, und nun, da ich dieses hinter mir gelassen hatte, war jegliche Chance auf Klarheit versiegt?

Es waren Fragen, die mich nachts wachhielten. Fragen, die fiktive Szenarien an den Haaren herbeizogen und mit jedem einzelnen derselben das Gefühl in mir schürten, zutiefst unzulänglich zu sein. Da hatte ich diesen großen Schritt gewagt, war über mehr als einen meiner Schatten gesprungen und hatte ein neues Leben begonnen, nur um dieses in einer Sackgasse zu wissen. Ein gewaltiger Strom an Selbstzweifeln und Kritik riss mich mit sich in die Tiefe und ich drohte, darin zu ertrinken, sehnsüchtig auf jene Antworten hoffend, die ich noch vor wenigen Monaten nicht einmal hätte suchen müssen, bis mir auf einmal der Grund für meine Flucht in den Sinn kam: Diese Antworten hatten bisher niemals von mir gestammt. Noch nicht einmal die Fragen waren meine eigenen gewesen. Allein die Freiheit, solche Fragen zu stellen, hatte es schlicht nicht gegeben.

Und so begann ich, das Was-wäre-wenn-Gedankenspiel neu zu denken: Was wäre also, wenn ich plötzlich alle Freiheit der Welt besäße, um so viele Fragen zu stellen, wie ich für nötig hielt – und wenn ich auch die Antworten darauf selbst finden dürfte? Mit einem Mal sah ich mich wieder der Ungewissheit der Gegenwart gegenüber. Doch nun empfand ich sie nicht länger als Bürde. Nun sah ich in ihr nur noch unbändige Freiheit. Nun hatte ich das Was-wäre-wenn-Spiel gewonnen.

»Bist du fertig?«, fragtest du und wedeltest feixend mit den Autoschlüsseln vor meiner Nase herum.

»Nur nicht so ungeduldig, Mister«, antwortete ich, schnappte mir beim Hinausgehen noch meine Jacke und – in einem unachtsamen Moment deinerseits – meine Schlüssel aus deiner Hand.

Ich konnte unser gemeinsames Wochenende im Bootshaus kaum erwarten. Die Zeit schien dort stillzustehen und das wohltuende Gefühl herrlicher Tiefenentspannung ereilte einen, sowie man die ersten Seerosen vor dem angebauten Steg erblickte. Ein wenig davon glaubte ich sogar schon auf dem Weg zum Wagen spüren zu können, als du nach meiner Hand griffst und sich unsere Finger ineinander verwoben. Und wieder merkte ich, dass ich mich in dich verliebte. Doch diesmal konnte ich mich fragen: Was wäre, wenn alles gut geht?

LEANDERS LÄCHELN

Die lange Autofahrt bis zum Bootshaus brachte mich zum Nachdenken. Es war eine banale Szenerie, ich auf dem Fahrersitz, du direkt neben mir, beide rollten wir monoton über die Autobahn. Und doch würde ich diese Stunden mit dir gegen nichts eintauschen. Ich spürte deinen Blick auf mir, deine Hand auf meiner und die Anziehung zwischen uns, die, obgleich sie uns unverhofft ereilt hatte, beständig war wie kaum eine andere Kraft, die ich kannte. Wie schicksalhaft war es doch gewesen, dass ich an jenem spätsommerlichen Tag dieser Anziehung nachgegeben hatte!

Für mich gab es zwei Wege, die zu einer Beziehung führen konnten; ganz gleich, welcher Art. Ob Freundschaft, Liebesbeziehung, Affäre, Bekanntschaft – sie alle konnten entweder auf Vernunft basieren oder auf Anziehung. Der erste Weg begann mit einem einfachen Kennenlernen. Zwei Menschen trafen aufeinander, unterhielten sich eine Zeit lang, stellten fest, dass sie sich gut verstanden, und beschlossen, sich erneut zu treffen, um zu sehen, was sich aus dieser ersten Begegnung entwickeln konnte. Der zweite Weg hatte damit nichts gemein. Er bedurfte weder vieler Worte, noch hatte er mit bewusst getroffenen Entscheidungen zu tun. Er begann mit einer kurzen, oft zufälligen Begegnung zweier Menschen, die sich, ohne dass sie auch nur einen Satz miteinander gewechselt hatten, instinktiv zueinander hingezogen fühlten. Dieser zweite Weg glich einer unsichtbaren Verbindung, die manches Mal als Sympathie beschrieben wurde, manches Mal als Karma, Schicksal, Chemie oder als pure körperliche Anziehung.

In Wahrheit konnte all dies der Fall sein, denn der zweite Weg war weitaus unberechenbarer als der erste. Ich selbst hatte beide beschritten.

Von der Anziehung hatte ich zuerst gekostet. Schon während meiner anfänglichen Schwärmereien erlebte ich das Gefühl des Begehrens, und ich musste zugeben, diesem im Grunde immer schon mehr zugeneigt gewesen zu sein als seinem vernunftvollen Pendant. Es hatte mir zahlreiche schöne Augenblicke bereitet – vom euphorischen Adrenalinrausch bis hin zur verliebten Tiefenentspannung –, doch bedauerlicherweise war dieses Gefühl auch meisterlich darin, mich in die Irre zu führen.

Meine vergangene Liebesgeschichte mit ihm war von Anfang an anders gewesen. Vernünftig. Erwachsen. Das mochte wenig romantisch erscheinen, doch zu dem Zeitpunkt, als ich ihn kennenlernte, war es richtig. Risikofrei und unwahrscheinlich ob weiterer Enttäuschungen. Genau das, was ich wollte. Genau das, was ich brauchte.

Wir verstanden uns gut. Zu Beginn waren wir freilich noch sehr nervös; zwei Fremde, die sich gerade erst kennenlernten. Doch nach einer durchtanzten Nacht kam es schließlich zum Kuss. Unserem ersten Kuss. Verhalten. Schüchtern. Gerade so viel, dass man es Kuss nennen konnte. Irgendwo abseits der Tanzfläche unter viel zu greller Beleuchtung und so spät, dass wir beide nicht mehr klar denken konnten. Wie sich herausstellen sollte, würde unsere Geschichte eine Fortsetzung bekommen. Wir trafen uns wieder. Immer noch verhalten. Immer noch schüchtern, doch wohl wissend, worauf diese neuerliche Begegnung hinauslaufen würde. Je öfter wir uns sahen, desto sicherer wurden wir; bis letztlich eine Beziehung entstand, die viele Jahre halten sollte und die eine Vertrautheit barg, die alles zu sein schien, was ich wollte. Alles, was ich brauchte. Bis sie es nicht mehr war.

Wie sich zeigen sollte, war die Anziehung weit zuverlässiger als die Vernunft, wenn auch unberechenbarer. Sie traf mich ganz und gar unverhofft in einem Café, wo ich einzig in Ruhe mein Buch zu Ende lesen wollte. Der Zeitpunkt hätte nicht schlechter gewählt sein können. Ich war weder frei noch dazu bereit, irgendjemandem zu vertrauen. Ich wollte mich weder öffnen noch mich auf jemanden einlassen – auf keine Art von Beziehung. Mein Kopf war voll mit anderen Sorgen, mein Herz wog schwer durch die Kümmernisse, die ich mit meinem damaligen Verlobten gemeinsam zu bewältigen glaubte, und meine Aufmerksamkeit war geradezu konstant überfordert von viel zu vielen Reizen zur gleichen Zeit. Und doch kamen Clara und Quinn an diesem Morgen in dasselbe Café spaziert, in dem ich nach Ruhe gesucht hatte. Ich erkannte Quinns herzhaftes Lachen, noch bevor ich von den Seiten meines Buches aufblickte. Wenige Sekunden darauf machte ich Claras dunkelhaarigen Wuschelkopf in der Menge des Gewusels aus. Und dort, direkt zwischen den beiden, standest du – kurz geschorene, verwaschen blonde Haare, tiefgrüne Augen, Dreitagebart und eine sagenhaft entspannte Ausstrahlung, die mich selbst aus der Ferne in ihren eigentümlichen Bann zu ziehen vermochte.

Du wirktest vertraut – sowohl mit Quinn als auch mit Clara. Ich kannte dich nicht. Ich konnte mich weder daran erinnern, jemals mit dir gesprochen, noch, deine Stimme gehört zu haben, doch in diesem Moment legte ich unwillkürlich den Kopf schief, ließ all meine Gedanken ziehen und merkte, dass mir ein leises, langgezogenes »Hmmm...« entwich. Mehr war es nicht und doch war es vielsagender, als mir lieb war.

Ich bemühte mich nach Kräften, meinen Blick wieder von dir abzuwenden, denn so gut, wie ich Quinn inzwischen kannte, würde es nicht lange dauern, bis er mich entdeckt haben und zu mir an den Tisch gekommen sein würde. Und in diesem Fall würde mein unentwegtes Starren sicherlich nicht unbemerkt bleiben. Immerhin war ich noch in festen Händen und plante eine Zukunft mit jemandem, wenngleich dieser Jemand nicht halb so viel Faszination auf mich ausübte wie du – und das allein durch deine bloße Anwesenheit im selben Raum. Dennoch gelang es mir, dich aus meinem Blickfeld zu halten – eine zu Recht vorausschauende Maßnahme, wie sich herausstellte, denn obwohl ich nunmehr stur auf das Buch vor mir starrte, kam ich nicht umhin, nur wenige Augenblicke später Quinns Hände aus den Augenwinkeln heraus wild fuchteln zu sehen. Er machte es einem unmöglich, ihn zu übersehen. Auf Claras Gesicht breitete sich indes ein herzliches Strahlen aus. Kurz darauf stürmten beide auf mich zu – mit dir im Schlepptau.

»Ella, ich wusste gar nicht, dass du heute auch herkommen wolltest«, sprudelte Quinn los und zog mich in eine innige Umarmung.

»Schön, dich zu sehen«, sagte Clara und tat es ihm gleich.

»Ich habe es ja auch nicht in den Gruppenchat geschrieben«, entgegnete ich, in der Hoffnung, Quinn damit genug Erklärung geliefert zu haben, ehe ich ein an Clara gerichtetes »Ich freu mich auch« einwarf.

Quinn schien jedoch nur formhalber auf meine zugegebenermaßen recht löchrige Argumentation einzugehen und antwortete mit einer seiner flapsigen Bemerkungen, wie ich sie nur allzu gut von ihm kannte:

»Du willst uns wohl loswerden, was? Keine Chance! Wir setzen uns gleich zu dir. Das ist übrigens Leander.«

Er deutete mit einer kurzen Handbewegung auf dich, den Mann, dessen Anblick ich tunlichst zu meiden versuchte, und wandte sich zwischenzeitlich direkt dir zu:

»Du kannst es dir schon mal gemütlich machen, Lee; ich hol uns was zu trinken.«

Dann sprach Quinn wieder zu mir:

»Mein ehemaliger Mitbewohner aus Studienzeiten. Er ist gerade erst hergezogen und ich wollte ihm zum Start gleich mal zeigen, wo es hier hoch hergeht. So, genug der langen Worte. Unterhaltet euch! Clara und ich holen uns derweil was vom Barista. Für dich das Übliche, Lee?«

Quinn verpackte in diese paar Sätze derart viele Informationen, dass es mir schwerfiel, alles zu verarbeiten, ehe du dich zu mir setztest. Und eine Gelegenheit, auch nur irgendeine seiner Aussagen zu kommentieren oder gar eine Frage zu stellen, blieb mir nicht, denn sowie Quinn deine Zustimmung vernommen hatte, bedeutete er Clara mit seinen eisblauen Augen, zu gehen, und ehe ich begreifen konnte, in welche Lage mich die beiden damit brachten, waren sie auch schon verschwunden.

Mit jäher Unsicherheit zupfte ich an meinen Ärmeln, sah dich an und bemerkte, wie sich mein Mund binnen weniger Sekunden verselbstständigte. Ich hätte alles erzählen können, die langweiligsten, wenn auch altbewährten Small-Talk-Themen ausgraben können, doch stattdessen sprach ich, ohne nachzudenken, und ich erzählte dir von meinen persönlichsten Gedanken, als würden wir uns schon ewig kennen und nicht gerade zum ersten Mal miteinander sprechen. Ich konnte mir den Grund für mein Verhalten nicht erklären. Ich wusste, es würde mir peinlich sein, sowie ich darauf zurückblicken konnte, und doch ließ ich mich treiben von einem Gefühl des Urvertrauens. Ich war eigentlich nicht sonderlich extrovertiert oder offen oder redselig, und doch sprudelten die Worte nur so aus mir heraus. Als wäre es einfach. Mit dir war es einfach.

»Du kennst Quinn und Clara also schon länger? Ist wohl besser, dann kann dich so schnell nichts mehr abschrecken. Ich habe sie ja eigentlich erst über Ames kennengelernt, und das erst vor zwei, drei Monaten, doch ich habe sie gleich ins Herz geschlossen.

Klar, sie sind ein verrückter, zusammengewürfelter Haufen, aber sie haben mir sehr durch die vergangenen paar Wochen geholfen. Manchmal frage ich mich fast, was ich ohne sie tun würde. Wahrscheinlich hätte ich nicht einmal jemanden, der mich so kennt, wie ich eigentlich bin ...«

An dieser Stelle hielt ich inne, da ich realisierte, wie unerwartet offen ich mit dir sprach, und ich erschrak vor mir selbst. Scheinbar konntest du mir meine Entrüstung ansehen, denn ich dachte, eben in dieser Sekunde, aufrichtiges Verständnis und bloßes Wohlwollen in deinem Blick zu erkennen.

»Okay, wow, bitte entschuldige! Normalerweise erzähle ich Fremden nicht gleich meine halbe Lebensgeschichte in den ersten paar Sätzen«, setzte ich an, um den ersten Eindruck, den ich bei dir hinterlassen haben musste, noch irgendwie zu retten.

Du öffnetest den Mund, um etwas zu erwidern, doch dazu sollte es nicht mehr kommen. Clara und Quinn waren soeben mit vier vollen Kaffeetassen zurück zu uns an den Tisch gekommen. Das wäre er gewesen, der Augenblick unserer ersten Unterhaltung. Und obwohl er frühzeitig unterbrochen worden war, obwohl ich deine Reaktion nie erfahren würde und obwohl ich mich gerade unbestreitbar vor dir zum Narren gemacht hatte, fühlte ich mich vom ersten Moment an wohl mit dir.

Wie das Schicksal es wollte, sahen wir uns wieder, ohne es geplant zu haben. Diesmal in einer ähnlichen Konstellation gemeinsamer Freunde, denn wie sich herausstellte, fühltest du dich mit denselben Menschen wohl wie ich, und schon nach wenigen Wochen war es sichere Gewissheit, dass wir uns nunmehr öfter über den Weg laufen würden. Diesmal jedoch kannten wir uns bereits. Und diesmal begrüßtest du mich mit einem Lächeln. Diesem Lächeln, das zugleich alles zum Einsturz brachte und neu erbaute. Es mochte rational nicht zu erklären sein, doch nach diesem Lächeln wog mein Herz ein wenig leichter und mein

Verstand wich einem Gefühl der wachsenden Anziehung, obgleich ich wusste, dass beides bereits an jemand anderen vergeben war.

Fortan nutzte ich jeden Vorwand, um deine Nähe zu suchen. Unsere scheinbar zufälligen Begegnungen häuften sich. Jede Berührung knisterte auf der Haut. Und so geschah es, dass alles, was ich kannte, und alles, was ich wollte, zusehends auseinanderdrifteten, während ich regelrecht dabei zusehen konnte, wie das eine vom anderen vereinnahmt wurde. Ich wollte es noch aufhalten, versuchte, mir selbst Vernunft einzureden, und besah meine Beziehung mit besonderer Aufmerksamkeit. Doch als ich mich letztlich mit einer absonderlichen Angst gegenüber meinem eigenen Partner konfrontiert sah, spürte ich nur noch mit dir die Leichtigkeit des Seins und obwohl ich es zu jenem Zeitpunkt nie hätte zugeben können, wusste ich, dass ich meine Wahl schon längst getroffen hatte – im Bruchteil eines Augenblicks, frei nach dem Gesetz der Anziehung, einzig aufgrund eines Lächelns.

Nach jener durchtanzten Nacht vor so vielen Jahren war meine Wahl auf ihn gefallen. Die vernünftige Wahl. Ich glaubte zu wissen, was vor mir lag. Ich sah die vielen großartigen Möglichkeiten, die wir gemeinsam würden ergreifen können. Ich verlangte nach der Sicherheit, die ich mir erhoffte. Und ich fuhr nach Hause mit dem Vorhaben, ihn wiederzusehen, geblendet von der Andersartigkeit einer Begegnung, die mich auf ihre ganz eigene Art prägen sollte. Inzwischen wusste ich wie. Inzwischen hatte ich aber auch genug erlebt, um zu wissen, dass mich mein Gefühl in jeglicher Hinsicht weiter brachte, als alle Vernunft der Welt es je gekonnt hätte, selbst wenn es mich völlig unerwartet an einem bemerkenswert unvorteilhaften Sonntagmorgen in einem Café ereilen würde. Ein Blick auf den Beifahrersitz zu meiner Rechten reichte aus, um mir dessen sicher zu sein.

HALS ÜBER KOPF

»Ella?«

Deine wohltuend tiefe Stimme hallte durch das Innere des Wagens, nachdem meine Playlist ihr Ende gefunden hatte und ich gezwungenermaßen eine Pause vom Mitsingen einlegen musste.

»Hm?«, fragte ich zurück.

»Machst du das immer? Das mit deiner Hand, meine ich …«

Wir waren inzwischen von der Autobahn abgefahren und tuckerten gemütlich über eine verlassene Landstraße, gesäumt von unzähligen Bäumen in den schönsten Rot-, Gelb- und Orangetönen – fast schon zu kitschig, um wahr zu sein. Ich hatte das Fenster auf meiner Seite nach unten gekurbelt und atmete die frische Herbstluft ein, während meine linke Hand draußen im tosenden Fahrtwind auf und ab tanzte. Auf meinem Gesicht breitete sich ein sanftes Schmunzeln aus.

»Das ist das schönste Freiheitsgefühl überhaupt. Solltest du auch mal probieren«, entgegnete ich, drückte den Knopf am Türrahmen und ließ auch die Fensterscheibe auf deiner Seite des Wagens nach unten. Ich wusste zwar, es würde aussichtslos sein, dich dazu zu überreden – in gewisser Weise warst du beinah so stur wie ich –, doch ich hatte eine diebische Freude daran, es trotzdem zu versuchen. Und sei es nur wegen deines Lächelns, das sich unweigerlich zeigen würde, sobald du realisiertest, was ich vorhatte. Schwer vorstellbar, dass es jemals eine Zeit vor dieser Leichtigkeit gegeben hatte, denn inzwischen fühlte sich alles einfach an – und wenige Sekunden später bekam ich mein Lächeln.

Monatelang hatte ich die Anziehung zwischen dir und mir geleugnet. Sie stand unausgesprochen zwischen uns und erfüllte jeden Raum mit elektrisierendem Knistern, sobald sich unsere Blicke trafen. Jede Unterhaltung war geprägt von unterschwelligen Komplimenten, von in Bewunderung schwelgenden Kommentaren und umsichtigen Gesten. Jede Bewegung des anderen wurde aufmerksam beobachtet und gedeutet wie ein modernes Meisterwerk an Poesie. Jedes Schweigen wurde plötzlich bedeutsam. Und doch konnte ich mich nicht dazu bekennen. Auch nicht, nachdem ich beschlossen hatte, zu fliehen, um frei zu sein.

Das war es auch, was ich mir vorgenommen hatte: frei sein. Ich war zu lange festgehalten worden, um sofort wieder in neue Bande verstrickt zu werden, so viel schien gewiss – bis ich dich sah. Dich und dein Lächeln. Nicht, dass ich dies gleich als neue Verstrickung empfunden hätte, doch ich kam ebenso wenig umhin, zu bemerken, dass es sich in meine Gedanken geschlichen hatte, und es trug sie fort in unverhoffte Welten. Du hättest nicht einmal die Hälfte dessen geglaubt, was ich mir fortan im Geiste ausmalte. Von romantischen Gesten bis hin zu ungehemmter Leidenschaft konnte ich gedanklich alles sehen, was ich, so schien es jedenfalls, sehen wollte. Unaussprechliches. Als ob ich jemals energisch gegen eine Wand gedrückt und geküsst werden wollte. Als ob ich jemals Hals über Kopf in die dunkle Nacht entfliehen würde, nur um mit dir die Sterne zu beobachten. Als ob ich jemals nackt baden gehen würde. Als ob es sich jemals so anfühlen würde, als würde die Welt um uns herum stillstehen, und nur wir beide wären dazu fähig, weiter zu tanzen.

Doch es war nicht vor jenem lauen Spätsommerabend gewesen, dass ich mir selbst eingestand, was mein Umfeld bereits längst zu wissen schien: Ich fühlte mehr für dich, als mir lieb war. Mehr als Freundschaft. Mehr als Zuwendung. Mehr als körperliche

Anziehung. Mehr. Mia hatte mich bereits vor Wochen darauf angesprochen. Clara auch. Und Ames war sich darüber bereits so lange im Klaren, dass sie mir inzwischen nur noch vielsagende Blicke zuwarf, anstatt mir noch lange Fragen zu stellen. Und als nun auch du an diesem Abend darauf angesprochen wurdest, konnte ich nicht anders, als mich so beschäftigt wie nur irgend möglich zu geben, um so unbemerkt wie irgend möglich deiner Antwort zu lauschen. Sowie ich die Wahrheit kannte, würde ich endlich wieder klar denken können, dachte ich, und nicht länger meinen Fantasien nachhängen. Doch wie die Wahrheit zeigen sollte, ging es dir mit mir genau gleich wie mir mit dir. Ein breites Grinsen schlich über meine Lippen und mit ihm die Gewissheit, dass nunmehr nichts an meinen Gedanken klar sein würde.

Ich hatte mich so weit unter Kontrolle, dass ich mir meine Aufregung nicht anmerken ließ, doch von jenem Augenblick an erlaubte ich mir, den Abend besonders zu genießen. Ich tanzte ausgelassen in der Menge, scherzte mit Leuten, die ich kaum kannte, und lachte so viel wie schon lange nicht mehr. Vielleicht wurde ich dadurch unachtsam, und vielleicht war der Ausgang jenes Abends deshalb auch unvermeidbar gewesen.

Das Schicksal nämlich meinte es gut mit uns, führte uns immer wieder zur selben kleinen Menschentraube, ließ uns alleine miteinander zurück und verwickelte uns in Gespräche, in die wir ganz und gar versanken. Es riss uns auseinander durch die Menschen rings um uns herum und brachte uns wieder zusammen, bis die Nähe irgendwann zu einem unerträglichen Bedürfnis wurde und der Verstand endlich dem Gefühl Platz machte.

»Ich mach mich dann auch mal auf den Weg«, sagte ich, mehr in die Nacht hinein als zu dir. Es war spät geworden und so sehr ich die glimmernden Funken zwischen uns auch genoss; ich wollte sie keinesfalls im Keim ersticken.

»Warte! Ich gehe auch«, riefst du mir nach, gerade als ich im

Mitternachtsglanz verschwinden wollte. Ich hielt einen kurzen Moment inne, in dem ich mich fragte – ernsthaft fragte –, ob ich wollte, dass du mit mir kamst. Der Abend war zu schön gewesen, um nun von einer unbedachten Geste verdorben zu werden. Doch die Zeit, lange zu überlegen, hatte ich nicht, denn du hattest mich bereits eingeholt mit diesem Lächeln, das Bände sprach, und meine Gedanken waren mit einem Mal verstummt.

Wir gingen noch eine Zeit lang nebeneinander her. Die Nachtluft trug uns am Flussufer entlang. Und es schien beinahe so, als hätte die Welt nun tatsächlich aufgehört, sich zu drehen. Es gab nur noch dich und mich – bis ein Taxi neben uns hielt. Ich wusste, unsere Wege würden sich nun trennen; wir mussten in verschiedene Richtungen.

»Du kannst auch einfach mit zu mir«, meintest du, als sei es die einzig logische Entscheidung, die keiner weiteren Überlegung bedurfte.

Mein Zeitgefühl war verloren. Mein Verstand auch. Die Funken nahmen überhand. Und so kam es, dass ich an jenem lauen Spätsommerabend in dieses Taxi stieg. Und du auch. Und beide stürzten wir uns Hals über Kopf in die Nacht.

Ich schmunzelte in mich hinein, kaum dazu in der Lage, die Kehrtwende zu begreifen, die mein Leben binnen weniger Monate zurückgelegt hatte. Einst hatte ich lernen müssen, jeden meiner Schritte zu hinterfragen, bis mich meine eigenen Gedanken zum Erliegen brachten. Inzwischen jedoch waren diese schwerwiegend lähmenden Muster wachsender Unbeschwertheit gewichen und existierten nur noch als Teil meiner Erinnerung. Mit dir nämlich sollte ich von Anfang an Leichtigkeit erfahren, beginnend in jener lauen Nacht, als die Anziehung zwischen uns zu groß wurde und meine Gedanken endlich wieder frei sein durften. Und nun waren wir hier, mitten im Nirgendwo auf dem Weg in ein gemeinsames Wochenende, während ich den Fahrtwind zwischen meinen Fingern spürte und das Gefühl unbändiger Freiheit in meiner Brust aufflackerte.

Du schlossest das Fenster auf deiner Seite des Wagens wieder – natürlich hattest du nicht deine Hand nach draußen gestreckt, um sie spielerisch im Wind tanzen zu lassen. Stattdessen hieltest du mir nun einen Vortrag über die möglichen Gefahren, die mein leichtsinniges Verhalten beim Autofahren mit sich bringen konnte; irgendetwas von wegen Gegenverkehr, Reaktionsgeschwindigkeit und Konzentrationsverringerung. Um ehrlich zu sein, hatte ich dir in diesem Moment nur mit einem Ohr zugehört, wusste ich doch ganz genau, dass du mich ebenso wenig von meinem Verhalten abbringen konntest, wie ich dich dazu hätte bewegen können, meinem Beispiel zu folgen. Meine Wahrnehmung widmete sich lieber der Leichtigkeit des Augenblicks und der Schönheit, die du scheinbar mühelos in jeden Tag brachtest.

»Du hörst mir gar nicht richtig zu, oder?«, fragtest du dann, wohl wissend, dass du Recht hattest, bedacht darauf, empört zu klingen, und doch so angetan von allem, was diese Situation gerade ausmachte; von allem, was mich ausmachte.

Ich schüttelte den Kopf und grinste unwillkürlich der Windschutzscheibe entgegen.

»Dann sing doch einfach wieder weiter. Wir haben noch ein Stückchen vor uns bis zum Bootshaus.«

Ich nickte, drückte erneut auf den Wiedergabe-Button und meine Playlist startete von vorne. Ich sang lauthals mit, aber diesmal mit so viel Freude und Aufregung in der Stimme, dass es bestimmt kein Vergnügen war, mir zuzuhören. Und dennoch bekam ich wieder ein Lächeln. Dieses vielsagende Lächeln, das mir mehr verriet, als du ahnen konntest – seit diesem einen lauen Sommernachtsabend.

VERTRAUTHEIT

Bis zum Bootshaus war es nicht mehr weit, und wir hatten bereits Pläne für unser Wochenende dort, doch als ich das Schild zum nächstgelegenen See sah, hätte ich am liebsten all unsere Vorhaben über Bord geworfen und die erstbeste Abzweigung genommen. Noch war die Luft um uns herum sonnendurchflutet und warm genug, um einen Sprung ins kühle Nass wagen zu können. Bis wir beim Bootshaus angelangt sein würden, hätte uns jedoch die Nacht verschluckt und mit ihr die wachsende Kälte des voranschreitenden Herbstes. Damit hieß es jetzt oder nie, und ich würde stets das Jetzt vorziehen, sobald auch nur die kleinste Möglichkeit bestand, ins Wasser zu gehen. Das wusstest du. Du kanntest mich – gut genug, um nun einen verstohlenen Blick in meine Richtung zu werfen, da auch du das Schild entdeckt hattest. Ein Seufzen. Du verstandst genau, was in mir vorging. Es war so einfach, dass es rückblickend betrachtet unausweichlich schien, dass wir zueinander gefunden hatten. Es wäre kräftezehrend gewesen, sich dem zu widersetzen.

Die Euphorie des Augenblicks, die Musik, die tanzende Menge … Irgendetwas lag an diesem Abend in der Luft und hatte uns mitgerissen – ganz und gar. Auf der Rückbank des Taxis schien es auf einmal ganz einfach. Du nanntest die Adresse, der Fahrer warf einen schmunzelnden Blick in den Rückspiegel und entführte uns in die Nacht. Meine Hand tanzte im Wind des offenen Fensters und wir unterhielten uns. Einfach. Als hätte es das Warten, die Anspannung, die Vorsicht zwischen uns nie gegeben. Als würden wir uns schon ewig kennen. Als wäre es nie anders gewesen. Und doch wussten wir nicht, was wir taten, waren trunken – mehr von der Anziehung zwischen uns als von den Drinks in der Bar.

Deine Wohnung erschien mir genau so, wie ich sie mir vorgestellt hatte. Groß, geschmackvoll eingerichtet, schlicht und schnörkellos im besten Sinne. Das spärliche Licht aus dem Vorraum gab jedoch nur wenige Details preis. Ich konnte kaum sehen, wo du warst, geschweige denn deinen Gesichtsausdruck erkennen. Doch ich wusste, was du im Sinn hattest. Mir ging es genauso. Und als dein Schatten sich schemenhaft auf mich zubewegte, tatst du es ihm gleich. Es herrschte plötzlich eine Stille, die nicht mehr unangenehm war, sondern knisterte vor Spannung, bis du mich in den Arm schlossest und küsstest. Voller Verlangen. Voller Sehnsucht. Voller Vertrautheit. Als wäre es einfach. Als hätte es immer so sein sollen.

Bis zu jener Nacht hatte ich nur eine andere Art der Vertrautheit gekannt. Voller Sicherheit, eingespielter Routinen und alltäglicher Muster schien sie mir wie ein Fels in der Brandung, welcher mir genau die Geborgenheit zu geben bereit war, die ich brauchte. Gepackt in Watte, mit einem Herzen aus Glas, zu zerbrechlich, um das Risiko einzugehen, jemals kaputt geschlagen zu werden und in tausend Stücke zu zerbersten, war es diese Art der Vertrautheit, mit der ich mich wohlfühlte. Sie war mein Sicherheitsnetz, das mich täglich umgarnte und mir gerade so viel Zuflucht bot, dass ich gar nicht merkte, langsam daran zu ersticken.

Die Vertrautheit mit dir war anders. Ohne Netz, ohne Kalkül, ohne Grenzen: unbändige Freiheit. Ein Gefühl, das auch am nächsten Morgen noch in mir nachhallte, als ich in deinem Bett aufwachte. Alles war auf einmal leicht. Es war unbeschwert. Es war neu, du und ich. Wir hatten uns vom Zauber des Augenblicks mitreißen lassen und nun war ich hier; in einer fremden Wohnung, nicht wissend, in welchem Teil der Stadt ich mich eigentlich gerade befand. Schlaftrunken drehte ich mich um. Du warst nicht da.

Sofort erschlich sich mein altes Denkmuster, geprägt von Angst und Unsicherheit, seinen Weg zurück in meinen Kopf. Es kannte den Nährboden genau, den es brauchte, um das Gefühl der Vertrautheit vom Vorabend binnen weniger Sekundenbruchteile zu zerschlagen. »Es war zu einfach, um wahr zu sein«, dachte ich. Sicherheit frei von Angst, Geborgenheit ohne Zweifel – dies war nicht für mich vorgesehen. Ich vergrub meinen Kopf in den Kissen und ärgerte mich über mich selbst. Wie konnte ich nur so naiv gewesen sein, zu glauben, es wäre diesmal anders?

Langsam richtete ich mich auf. Zugegeben, mir war noch ein wenig schwummrig zumute, doch die Bettwäsche verbreitete deinen Geruch im ganzen Raum und da mir alleine dieser Umstand bereits mein Urteilsvermögen zu trüben schien, wollte ich in diesem Augenblick nur noch meine Kleidung wiederfinden und verschwinden. Wie hatte ich es nur geschafft, sie dermaßen in der Wohnung zu verteilen?

Erinnerungsbruchstücke der letzten Nacht ließen mir den Atem stocken. Ich hatte mich nicht getäuscht: Es hatte eine Vertrautheit zwischen uns geherrscht, die sich selbstverständlich angefühlt hatte, und du wusstest genau, was du tun musstest. Du wusstest genau, was ich wollte. Du wusstest genau – mit diesem Gedanken konnte ich nicht fortfahren. Ich musste dringend aus deiner Wohnung verschwinden. Das war alles, worauf ich mich konzentrieren sollte.

Hastig streifte ich mir das erste Shirt über, das ich finden konnte, und schlich mich in den Vorraum auf der Suche nach meiner Hose. Im Tageslicht wirkte alles viel größer und unübersichtlicher als am Abend zuvor, und wirklich viel gesehen hatte ich auch im Zwielicht der Nacht schon nicht, weshalb ich nun raten musste, wo wohl das Wohnzimmer lag. Immerhin konnte ich auch dich nach wie vor nirgendwo entdecken und so blieb mir hoffentlich ein bisschen Zeit, um meine Sachen einzusammeln und zu verschwinden, ohne in eine Art peinlich berührten Small Talk verwickelt zu werden. Im Badezimmer war allerdings nichts zu holen, und auch die Abstellkammer war für meine Belange nicht wirklich hilfreich. Doch als ich endlich das Wohnzimmer fand, fand ich auch dich. Und da war er wieder, dein Duft, ergänzt durch dein Lächeln – und die Erinnerung an die vergangene Nacht kehrte erneut zurück. Ich war so perplex, dass es mir die Sprache verschlug.

Du standest in der offenen Küche, vor dir die Papiertüte einer Bäckerei, neben dir eine Kaffeekanne. Niemals hätte ich angenommen, dass du dieselbe lange Nacht hinter dir hattest wie ich. Deine dunkelgrünen Augen leuchteten geradezu, dein definierter, schlanker Körper bewegte sich flink zwischen Theke und Kücheninsel hin und her und du erschienst mir mit einem Mal noch größer als ohnehin schon. Zufrieden und entspannt wie eh und je. Leise summtest du vor dich hin, bis du mich in der Tür stehen sahst.

»Morgen«, sagtest du schließlich.

Ich war so erleichtert, als du die Stille durchbrachst, dass ich laut aufseufzte.

»Wolltest du mir das klauen?«, fragtest du dann und deutetest auf das Shirt, das ich anhatte. Es war deines. Und zwar dasselbe wie jenes, das du letzte Nacht getragen hattest. In meiner Zerstreutheit war mir dieses Detail wohl entgangen.

»Oh, ähm ... nein. Entschuldige, das war einfach nur das Erste, was ich zum Überziehen gefunden habe«, entgegnete ich unsicher.

Ich wusste immer noch nicht, wie ich die Situation deuten sollte – es war in jeglicher Hinsicht absolutes Neuland, auf dem ich mich zu bewegen schien.

»Du brauchst dich nicht zu entschuldigen, Ella. War doch nur ein Scherz. Machst du uns mal Musik?«

Du deutetest auf den Fernseher hinter mir und da war sie wieder: Innerhalb einiger weniger Augenblicke hattest du es geschafft, genau dieselbe Stimmung zu erzeugen wie am Abend zuvor. Es war, als wäre in diesem Moment eine Last von mir abgefallen, und alles fühlte sich plötzlich wieder leicht an. Vertraut. Als wäre es einfach. Als hätte es immer so sein sollen.

Ich dachte nicht länger daran, meine Kleidung zu suchen, meine Haare in Ordnung zu bringen oder gar nach Hause zu fahren. Es war mir gleich, dass dein Shirt das Einzige war, das meinen Körper umhüllte, gerade einmal so lang, dass es bis zu meinen Oberschenkeln reichte. Es spielte keine Rolle, dass meine Locken wild zerzaust in alle Richtungen standen. Und ebenso wenig Bedeutung hatte es, dass auf eine gemeinsame Nacht nun ein gemeinsamer Tag folgte, da wir beide die vor Funken glimmernde Stimmung auskosteten, die in der Luft hing.

Also machte ich es mir auf der Couch bequem und suchte das Lied meiner Lieblingskünstlerin heraus, das mir gerade durch den Kopf ging, während du weiterhin leise vor dich hin summtest und Kaffee kochtest. Als die ersten Klänge zu hören waren, verstummte dein Summen jedoch plötzlich, und ich ahnte schon, was auf mich zukommen würde.

»Komm schon, ist das dein Ernst? Schon wieder?!« riefst du durch das Lied hinweg zu mir hinüber.

Es sollte sich wohl entrüstet anhören, doch es war unschwer zu erkennen, wie sehr du den Augenblick gerade genossest.

»Gib doch einfach zu, dass du sie auch gut findest«, konterte ich und sang aus voller Kehle die nächsten paar Zeilen mit.

Ein Kopfschütteln, ein Lächeln, ein Summen, doch diesmal zur neuen Melodie.

Ein paar Minuten später kamst du zu mir auf die Couch. Ich

nahm dankend eine Tasse Kaffee von dir entgegen und eines der Croissants, die du kurz zuvor beim Bäcker besorgt hattest. Es war alles neu. Es war vertraut. Es war einfach. Doch in diesem Moment wusste ich: Es durfte einfach sein.

»Wollen wir noch einen Abstecher zu diesem See dort machen, bevor wir zum Bootshaus fahren?« fragtest du mit einem siegessicheren Lächeln auf den Lippen, da du genau zu erraten wusstest, was ich in diesem Augenblick wollte.

Ich nickte nur – nicht immer wollte ich dir die Gewissheit geben, alles genau richtig zu machen. Doch dann ergriffst du meine Hand und küsstest sie, ohne deinen Blick von mir abzuwenden, und dein Lächeln war ungebrochen und zog mich in seinen Bann, sodass auch ich bald nicht mehr anders konnte, als übers ganze Gesicht zu strahlen. Es war einfach. Es war vertraut. Es war, als hätte es immer so sein sollen.

WAS MAN VORHER SAGEN KANN ...

Als wir auf den See zufuhren, freute ich mich wie ein kleines Kind zu Weihnachten. Am liebsten wäre ich sofort aus dem Wagen gesprungen und auf das Wasser zugelaufen, in dem Glauben, so schneller an mein Ziel zu gelangen, obgleich das eigentliche Ziel das Bootshaus war. Meine Beziehung zum Wasser war schon immer eine ganz besondere gewesen – und du wusstest das. Nur deshalb waren wir hier. Damit ich diese Freude spüren konnte. Damit du diese Freude in mir sehen konntest – und ich wusste das.

Ich parkte das Auto so nah wie möglich, öffnete die Tür, stürmte zum Kofferraum, um meine Badetasche herauszukramen, und war damit so schnell beim Ufer, dass du mir gar nicht hinterherkamst. Ich hatte mich gerade umgezogen, als du mich einholtest und mir einen irritierten Blick zuwarfst.

»Du willst doch jetzt nicht allen Ernstes ins Wasser gehen, oder?«, fragtest du mit hochgezogenen Augenbrauen.

»Doch, natürlich!« antwortete ich, während ich mir mein Handtuch bereitlegte.

»Es ist Oktober, Ella! Das Wasser hat maximal noch 15 Grad!«

Diesmal war dein Entsetzen echt – du konntest tatsächlich nicht fassen, was ich vorhatte. Doch meine Badetasche hatte ich nicht nur fürs Baden im Whirlpool eingepackt; und du wusstest ebenso gut wie ich, dass mein Entschluss feststand. Es wäre sinnlos gewesen, mir diesen noch lange ausreden zu wollen.

»Perfekt«, entgegnete ich feixend. »Dann gehen sich bestimmt noch zwanzig Minuten schwimmen aus.«

»Du bist ja verrückt!«

»Danke! Aber das hast du doch schon vorher gewusst«, erwiderte ich, und du konntest nicht anders, als mir ein weiteres
Lächeln zu schenken.

Die vergangenen Monate hatten mir deutlich gezeigt, was ich
wollte. Ich wusste, was ich wollte – nicht zuletzt deinetwegen.
Und nun, da ich mir endlich meiner selbst, meiner Ziele und
Wünsche sicher sein konnte, wollte ich diese Entschlossenheit
nie wieder missen. Ich steckte mir noch rasch meine Haare nach
oben, gab dir einen Kuss auf die Wange und stürzte mich voller
Freude in die Fluten.

Du und ich, wir teilten Momente zu zweit in einem Raum voller
Menschen. Verlangende Blicke aus der Entfernung, flüchtige Be-
rührungen, kleine Anekdoten, deren enthaltene Anspielungen
nur wir beide kannten. Sie lagen weit zurück in einer Nacht, die
perfekt zu sein schien, ehe die Realität sie eingeholt hatte …

Meine Beine lagen in deinem Schoß auf der Couch. Der Kaffee
war inzwischen längst kalt geworden. Wir hatten uns verloren
in einer Diskussion über das Bild, das neben mir an der Wand
hing. Nach einer spitzfindigen Bemerkung deinerseits fing ich
an, aus tiefster Kehle zu lachen, und da merkte ich erst, wie wohl
ich mich fühlte in unserer kleinen Blase, in der es nur uns beide
gab. Beinah hätte ich vergessen, wie fragil sie war, doch das Bim-
meln meines Handys sollte mich daran erinnern. Mein Lachen
verstummte von einer Sekunde zur anderen. Dein Lächeln wich
einem fragenden Blick. Ich sah auf den Bildschirm und fand die
Nachricht einer gemeinsamen Freundin zu lesen.

»Es ist Mia«, sagte ich. »Sie will wissen, ob ich gut nach
Hause gekommen bin.«

In diesem Moment bekam sie ihre ersten Risse, unsere Blase. In diesem Moment wurde dir klar, wie wir uns kennen gelernt hatten und dass es einen ganzen Schwarm anderer Menschen gab, außerhalb der Blase, die uns miteinander verbanden. Sie kannten dich. Sie kannten mich. Doch sie kannten kein Uns.

Ich hätte es in deinem Blick sehen müssen, als du plötzlich aufstandst, um die Teller zurück in die Küche zu bringen.

»Hör zu, ich finde, wir sollten das nicht an die große Glocke hängen.« Das waren deine Worte. Ich hatte nur kopfnickend zugestimmt. Weshalb ich in diesem Moment weder Widerstand leistete noch eine einzige Frage stellte, blieb mir ein Rätsel. Vielleicht kannte ich es noch aus meiner Beziehung mit ihm, still sein zu müssen, zuzustimmen, nur nicht unangenehm aufzufallen, um alles aufrechterhalten zu können. Das Resultat gipfelte jedenfalls darin, dass ich dasaß und zusah, wie unsere Blase zerplatzte.

Monate vergingen, in denen wir es bei Freundschaft beließen. Niemand wusste von diesem einen Spätsommerabend. Niemand wusste von dieser Nacht, dem Morgen danach oder von uns. Und niemand wusste, wie präsent es sich nach wie vor anfühlte. Denn die Anziehung zwischen dir und mir war nicht verpufft, nur weil du beschlossen hattest, ihr keine Bedeutung beizumessen. Sie war immer da. Spürbar. Greifbar. Und sichtbar in den Augenblicken, als wir die Kontrolle abgaben.

So brach erst der Herbst über uns herein, dann der Winter, ohne dass die Funken jemals verloschen. Und so kam es zu einem weiteren Abend, fast schon im Frühjahr. Monate später. Dieselben Freunde. Du und ich. Ausgelassene Stimmung. Es wunderte mich kaum, dass du dich so weit wie möglich von mir fernhieltst – du warst noch nicht einmal im selben Teil des Gebäudes – denn sobald die Abende anbrachen und die Unbekümmertheit überhandnahm, fiel es zusehends schwerer, nur Freunde zu bleiben.

Früher oder später standest du neben mir mit diesem Lächeln

auf den Lippen, einem flapsigen Kommentar und der Aufforderung zum Tanzen, die unmittelbar darauf folgte. Und ich – ich hatte nicht genug Selbstbeherrschung, um sie auszuschlagen, obgleich ich wusste, wie es enden würde: gemeinsam auf der Tanzfläche, so nahe beieinander, dass ich glaubte, deinen Gedanken lauschen zu können. Du beugtest dich immer weiter zu mir hinunter und schon bald konnte ich alles in deinen grünen Augen erkennen, was ich wissen musste.

Ich bemühte mich nach Kräften um Standhaftigkeit, ließ meinen Blick trunken durch den Raum schweifen, in der Hoffnung, Ames oder Mia oder irgendjemand würde die Unsicherheit, die ich ausstrahlen musste, wahrnehmen und sich zu uns begeben. Aber nein. Ich verlor mich in der Musik und dem Funkeln des Lichts um mich herum. Mein Kopf war leer, meine Beine leicht, deine Gesellschaft wohltuend, dein Lächeln ansteckend. Und ich war ganz bei mir – so lange, bis du noch näher kamst und all die anderen Menschen um uns herum sich entfernten. Bis ich nur noch dich sehen konnte. Bis es nur noch wir beide waren, die sich miteinander im Schein der kitschig-nostalgischen Diskokugel bewegten.

Dies war der Augenblick, in dem ich die vergangenen Monate nochmals an mir vorbeiziehen sah wie ein gefühlsduseliges Déjà-vu: Deine Nähe, wann immer du mit mir sprachst, als ob nicht nur noch zwei Zentimeter fehlten bis zu einem weiteren Kuss. Dein Interesse an allem, was meinen Alltag füllte, als ob es möglich wäre, meine Gedanken zu hören. Dein durchdringender Blick, wann immer ich den Raum betrat, als ob du nicht ohnehin bereits meine Aufmerksamkeit hättest. Notizen in zitternder Schrift. Das Warten darauf, gemeinsam das Café verlassen zu können. Die Diskussionen, in welchen wir uns immer wieder verloren. Unsere Blase war nicht geplatzt, sie blieb nur für das Außen verborgen.

Als ich das erkannt hatte, packtest du mich an den Hüften und hobst mich hoch in die Luft. Da konnte ich es sehen – in deinem Blick und in jeder Geste: Es würde wieder passieren. Wir hatten uns darauf geeinigt, es bei diesem einen perfekten Abend zu belassen – vor Monaten schon. Und doch konnte ich schon jetzt sagen, dass es wieder passieren würde. Dass sich dieser Abend wiederholen würde. Und dass es schon immer klar war, dass der Lauf der Zeit seine eigene Geschichte für uns vorgesehen hatte – so unausweichlich wie der Lauf der Zeit selbst.

Es sind die kleinen Momente, die erkennen lassen, wie es endet, noch bevor es angefangen hat. Der Moment, als ich begann, meine Träume aufzugeben, verriet mir, dass ich gehen musste. Der Moment, als ich unter einer altmodischen Diskokugel zu schweben begann, verriet mir, dass ich bereits mitten in einer neuen Geschichte steckte. Wie hätte ich aber ahnen können, wo diese enden würde?

Als ich aus dem Wasser trat, standest du schon mit dem Handtuch bereit. Mein Körper begann zu zittern. Meine Lippen hatten sich blauviolett verfärbt. Du hattest mich in das Handtuch gewickelt und versuchtest, mich so schnell wie möglich abzutrocknen. Und ich konnte kaum glücklicher sein.

»Du bist schon wieder ganz unterkühlt, Ella!«, warfst du mir vor.

»Tschuldige!«, entgegnete ich.

»Du sollst dich nicht entschuldigen, sondern besser auf dich aufpassen!«

Ich wusste, du meintest es nur gut. Du wusstest, es war zwecklos, mir Vernunft einzureden. Und trotzdem verstrickten wir uns immer wieder in derlei Diskussionen, bis wir erkannten, wie sehr wir das Wesen des anderen lieb gewonnen hatten, und uns stillschweigend dem Augenblick hingaben. Es lag eine besondere Magie in solchen Augenblicken. Ein glimmernder Funke. Und gerade jetzt, just in diesem einen Augenblick, konnte ich sehen, dass es noch nie zuvor so schön gewesen war in unserer Blase.

NEUBEGINN

Der See wurde im Rückspiegel immer kleiner, während ich mich auf dem Beifahrersitz zusammengekauert hatte, fest in eine Jacke gewickelt, die ganz nach dir duftete. Du übernahmst das Steuer für die letzten paar Kilometer bis zum Bootshaus, damit ich mich aufwärmen konnte. Ich lächelte. Du hattest die Heizung beim Losfahren voll aufgedreht und begannst schon zu schwitzen. Ich genoss die warme Luft, die mir entgegenblies. Selbst die Rumpelpiste, auf der wir unterwegs waren – so etwas konnte man kaum noch Straße nennen – hatte ich romantisiert. Durch sie wusste ich immerhin genau, dass wir keine fünf Minuten mehr von unserem Ziel entfernt waren. Ich legte den Kopf in den Nacken und fragte mich, wie lange ich die Welt wohl noch so sehen würde, durch diese rosarote Brille.

Zu Beginn unserer Geschichte, als alles noch neu war und alles noch offen erschien, fühlte ich mich immer wie im Fieber. Nichts war mehr alltäglich. Jede noch so gewöhnliche Handlung kostete mich unvorstellbar viel Kraft und Sinn für Konzentration war schon gar nicht mehr aufzubringen. Stattdessen floss alle Energie in den vermeintlichen Neubeginn von etwas, das in rosarotem Schein erstrahlte und alles genau so erscheinen ließ, wie es sein sollte. Niemand käme auf die Idee, noch vor dem Beginn einer Liebesgeschichte an ein unglückliches Ende zu denken. Ebenso wenig an ein realistisches. Nein, die rosarote Brille würde erst im zweiten Akt abgenommen werden, wenn sich bereits alles entwickelt hatte – und dann musste man selbst entscheiden, was man aus all den neuen Farben machen wollte …

An diesem Morgen wachte ich mit Glitzer im Gesicht auf. Ich war nicht in meiner Wohnung. Ich war in deiner. Und ich hatte Recht behalten: Der Beginn unserer Geschichte hatte sich wiederholt. Dieser eine perfekte Spätsommerabend hatte sich wiederholt. Mehrmals.

Du schliefst noch tief und fest, während ich mich aufsetzte, um aufzuwachen und die vergangenen Tage, Wochen und Monate Revue passieren zu lassen. Wie waren wir hier gelandet? Was war passiert zwischen jenem Abend zu Beginn des Frühjahrs, als wir unsere platonische Freundschaft vergaßen, und jetzt, da bereits der Sommer an die Tür klopfte und wir längst zu mehr geworden waren? Was musste passieren? Nicht, dass mir die Erinnerung fehlte – ich konnte jeden innigen Moment noch ganz genau in Gedanken durchspielen. Doch dieser Neubeginn mit dir fühlte sich so an, als wären binnen kürzester Zeit unendlich viele unerwartete Ereignisse aufeinander gefolgt. Als hätte man zwar jeden Schritt kommen sehen, doch ohne diesen tatsächlich wahrnehmen zu können, sobald er gesetzt worden war.

Meine Gedanken drehten sich im Kreis, als ich versuchte, meine Erinnerungen zeitlich einzuordnen: Ein Kuss auf die Wange. Eine Umarmung, die viel zu lange dauerte. Deine Hand, die nach meiner griff, um mich hinaus in die Nacht zu führen. Noch eine Umarmung, die sich nicht löste ohne Kuss. Ein Spaziergang um Mitternacht. Viel zu langsame Fahrstuhltüren. Zwei Gläser Wein auf dem Couchtisch. Meine Füße, die über deinen Schlafzimmerboden tanzten. Deine Silhouette die sich im Morgengrauen über meinen Balkon bewegte. Du bei mir. Ich bei dir. Einmal in meinem Badezimmer. Einmal auf dem Parkettboden deines Wohnzimmers. Deine Hände in meinen Haaren. Die kalte Luft, die durch das Fenster ins Schlafzimmer drang. Eine Bettdecke, die zu Boden fiel. Kleidung, die sich in meiner Wohnung verteilte. Eine heiße Dusche am Morgen danach. Der

Duft von frisch gebrühtem Kaffee in der Nase. Mein Kopf auf deiner Schulter.

Es waren die Bilder einer monatelangen Geschichte, die sich vor mir im Zeitraffer auftaten. Erinnerungsbruchstücke an Gespräche, in denen wir nichts zu erzählen hatten, und trostlose Räume, die vereinnahmt wurden von untrüglicher Voraussicht, als hätten wir beide genau gewusst, wie es enden würde, ohne es jemals auszusprechen oder es gar beim Namen zu nennen. Wir hatten es einfach geschehen lassen – wie damals an jenem Spätsommerabend, der sich inzwischen mehr als einmal wiederholt hatte. Das blasse Licht der grauen Stunde durchdrang den Raum, als ich beschloss, es genau dabei zu belassen: bei einem intuitiven Neubeginn ohne Plan.

Ich zog mir eines deiner Shirts über und machte mich auf den Weg zum Balkon, um den Sonnenaufgang zu beobachten, bis du zu mir kamst. Du setztest dich neben mich und sahst mich mit diesem Blick an, der mich glauben ließ, du wolltest ohne Worte in Erfahrung bringen, was in mir vorging, obgleich ich das noch nicht einmal selbst wusste. Ich griff nach deiner Hand, ohne vom Horizont abzusehen – einfach um deine Nähe zu spüren. Und plötzlich brachst du dein Schweigen.

»Lass uns zusammen wegfahren!«

»Was?« Mehr konnte ich nicht erwidern – dein Vorschlag hätte mich nicht unvorbereiteter treffen können. Es war ein gewöhnlicher Samstag, frühmorgens, und so viel Tatendrang hatte ich weder erwartet, noch konnte ich ihn in diesem Augenblick selbst aufbringen.

»Eine Fahrt ins Blaue. Wir könnten gleich los, irgendwo was frühstücken und sehen, wohin es uns verschlägt.«

Ich blickte dich nun direkt an. Du meintest es ernst.

»Wir können heute nicht weg«, entgegnete ich. »Ames feiert ihren Geburtstag. Und ich bin eingeladen. Du übrigens auch.«

»Ach, das war heute?«, fragtest du ungläubig.

»Das war heute«, bestätigte ich.

Ich sah erst die Enttäuschung in deinem Gesicht, dann einen Anflug von Klarheit und schließlich ein schelmisches Grinsen, das über deine Lippen huschte, als ob du ein Schlupfloch entdeckt hättest, durch welches du dich nun hindurchflüchten wolltest. Ich mochte diese Seite an dir mehr, als mir lieb war. Sie war regelrecht vereinnahmend.

»Dann lass uns einfach danach fahren«, schlugst du vor. Nachdem dir mein skeptischer Blick aufgefallen war, sprachst du weiter: »Das ist doch eine Grillfeier, oder? Die fängt schon nachmittags an – früh genug, um danach noch loszufahren.«

Die Euphorie in deinem Blick brachte mich zum Schmunzeln. Und da ich ohnehin beschlossen hatte, mehr meinem Gefühl zu vertrauen und intuitiv zu entscheiden, stimmte ich zu.

Während der Feier gaben wir uns die größte Mühe, möglichst entspannt zu wirken, doch selbst ich musste zugeben, dass unser Verhalten nach den letzten Wochen und Monaten Bände sprach. Nicht, dass uns deshalb jemand zur Rede gestellt hätte. Nein, alles, was wir bekamen, waren vielsagende Blicke, wie es auch die unseren waren. Blicke, die aussagten, ausnahmslos jeder auf der Feier wusste, was zwischen uns vor sich ging. Ich war mir sicher, dass nichts von alledem unkommentiert blieb, doch dies lag außerhalb unserer Blase. Und wir steckten noch mittendrin.

Trotzdem: Etwas in jenen Stunden an jenem Tag war anders. Ich konnte es nicht recht definieren. Was zuvor rosarot erschien, wurde in Gegenwart unserer Freunde plötzlich eingetrübt. Du warst anders. Deine Zuwendung war dieselbe, jedoch schien ich sie nur auf mich zu ziehen, wenn wir ungestört waren. Deine Rücksicht galt mehr deinem Umfeld als mir. Und die entspannte Aura, die dich sonst immerzu umgab, war mit einem Mal verschwunden. Stattdessen wirktest du nervös, fuhrst dir mehrmals durch die kurz geschorenen Haare und zupftest an deinem Bart herum. Es war das erste Mal, dass sich ein eigenartig dumpfes Gefühl in meiner Magengegend ausbreitete.

Unser Neubeginn aber wog schwerer, denn die gemeinsame Zeit mit dir brachte das Beste in mir zum Vorschein: Deine Abenteuerlust, die mich in ihren Bann zog. Deine Neugier und dein Wissensdurst – beidem war ich von Anfang an verfallen. Und dein ruhiges Wesen, das mich in jeder Hinsicht am Boden hielt. Dir ging es mit mir ganz ähnlich. In mir schlummerten so viel Freude, Begeisterung und schier grenzenloser Optimismus, die du geradezu verschlangst. Meine offene Art nahmst du dir zum Vorbild. Und meine Interessen, die deinen ebenso glichen, wie sie sie ergänzten, entfachten deine Neugier auf die Welt immer wieder aufs Neue.

Es sollte unser erstes Wochenende im Bootshaus werden, voller neuer Geschichten, die mir letztlich zeigen sollten, wie es aussehen konnte, wenn man gerade erst am Anfang stand – ohne Pläne, ohne Rechtfertigungen, ohne etwas beschönigen zu müssen.

Ich hatte meine rosarote Brille bis zu diesem Tag nicht abgelegt – und an diesem Tag glaubte ich auch nicht, jemals an einem solchen Punkt angelangen zu können. Schon gar nicht in diesem Moment, als mir langsam wohlig warm wurde und ich sehen konnte, wie sich das Bootshaus langsam vor uns aus dem Boden erhob. Es mochte nicht besonders groß sein und unscheinbar mitten im Nirgendwo stehen, doch auf mich übte es eine ganz besondere Kraft aus, die mich unweigerlich staunend zurückließ.

»Willkommen zurück«, sagtest du und warfst mir einen strahlenden Blick zu.

Ich strahlte zurück.

Nichts davon schien real zu sein. Nichts davon konnte ich

fassen. Und doch war alles genau so, wie es sein sollte, im rosaroten Schein meiner Brille.

DAS BOOTSHAUS

Minuten waren vergangen, seitdem du dir die Taschen aus dem Kofferraum geschnappt hattest, um sie ins Innere des Bootshauses zu bringen. Ich stand immer noch staunend davor und versuchte, die Stimmung jenes wundersamen Ortes zu begreifen, der mich schon beim letzten Besuch verzaubert zurückgelassen hatte. Erfolglos, wie ich feststellen musste. Es würde mir wohl nie gelingen. Doch gerade darin bestand die Magie, dachte ich, als du wieder aus der Tür kamst und zielsicher auf mich zugingst.

»Ist dir schon wieder warm?« fragtest du.

Ich nickte und wandte meinen Blick vom Bootshaus ab, direkt deinen dunkelgrünen Augen zu. Du sahst beruhigt aus.

»Sehr gut«, sagtest du dann mit einem sanften Lächeln im Gesicht. »Wollen wir mal reinschauen? Es ist schon alles vorbereitet.«

Und wieder nickte ich, während ich – immer noch verzaubert von der Atmosphäre des Augenblicks – deine Hand nahm, die du mir entgegengestreckt hattest, um mich hineinzuführen.

Die alte Flügeltür sah immer noch aus, als wäre sie in der Zeit stehen geblieben, umrankt von wildem Wein. Mein Kopf lag schwer auf deiner Schulter, als wir gemeinsam eintraten. Nichts hatte sich verändert, seitdem wir das letzte Mal hier gewesen waren. Und doch hatte sich alles verändert.

»Wo fahren wir denn jetzt eigentlich hin?«, fragte ich.

Wir hatten Ames' Geburtstagsfeier schon nach wenigen Stunden wieder verlassen. Zusammen. Ich war mir erst nicht sicher gewesen, ob unser Vorhaben, planlos übers Wochenende

wegzufahren, wirklich so einfach in die Tat umzusetzen war.
Immerhin sahen wir viele unserer Freunde auf der Party zum
ersten Mal seit Wochen wieder. Doch nachdem ich Ames' Blick
gesehen hatte, wusste ich, sie wünschte mir gerade genau das.
Kurz bevor wir gingen, schielte ich noch einmal zu ihr hinüber,
sah ihr breites Grinsen, das Augenzwinkern und das bestätigende
Kopfnicken und folgte dir dann hinaus ins Abendrot.

Ich war zu dir ins Auto gestiegen, hatte dir die Kontrolle über
die Playlist überlassen und hörte dir nun beim Mitsingen zu,
während meine Hand im Fahrtwind des offenen Fensters tanzte.

»Es heißt nicht umsonst ›Fahrt ins Blaue‹, Ella. Wir fahren
und sehen dann, wohin es uns verschlägt«, antwortetest du,
nachdem ich – nur wenige Minuten später – zum zweiten Mal
versucht hatte, irgendeine Art von Ziel aus dir herauszukitzeln.

»Sowas kann ich aber nicht gut«, entgegnete ich. »Irgendwann wird es dunkel werden und dann stehen wir da – ohne Plan
und ohne Dach über dem Kopf.«

»Entspann dich! Es wird schon alles gut gehen. Da, such du die
nächsten Lieder aus, okay? Ich fahre bei der nächsten Ausfahrt
ab und wir halten Ausschau nach einem Plätzchen, wo es uns
gefällt, in Ordnung?«

Du gabst mir dein Handy in die Hand, strichst behutsam über
meinen Oberschenkel und warfst mir einen besänftigenden Blick
zu. Dein dunkelblondes Haar schimmerte in den letzten Sonnen-
strahlen des Tages und deine Augen schienen fast schon grau
in Anbetracht der vorangerückten Stunde. Ich nickte, lächelte
und suchte dann in deinem Handy nach meinem Lieblingslied,
ungeachtet dessen, dass du dich aller Voraussicht nach wieder
darüber echauffieren würdest. Natürlich wusste ich, dass alles
gut gehen würde. Im schlimmsten Fall würden wir nichts zum
Übernachten finden, umdrehen und wieder zurückfahren müssen. Doch nun, da ich diese Idee von dir und mir und einem

Wochenende zu zweit in meinem Kopf hatte, wollte ich, dass
es genauso schön werden würde, wie ich es mir ausmalte. Doch
meine Fantasie war mehr als lebhaft und neigte dazu, die Dinge
zu romantisieren. Die Erwartungen waren also beträchtlich an-
gesichts eines Plans, der so spontan entstanden war, dass man ihn
im Grunde gar nicht Plan hatte nennen können. Und obwohl du
von all dem nichts ahnen konntest, erwecktest du meine Fantasie
gerade zum Leben und maltest sie aus – in noch strahlenderen
Farben, als ich es je für möglich gehalten hätte.

Wenige Minuten später fuhren wir zu den Klängen meiner
Lieblingsmusik von der Autobahn ab. Erst auf die Landstraße,
dann auf einen kleinen Feldweg. Die Dämmerung zeigte sich
von ihrer schönsten Seite, die Lichter in den Häusern, die wir
passierten, gingen an und schon bald schienen wir ganz allein auf
der Welt zu sein, mitten im Nirgendwo. Denn irgendwann gab es
keine Häuser mehr, die wir passieren konnten. Irgendwann waren
da nur noch dieser holprige Feldweg, ganz viel Gegend und wir.

»Sollen wir umdrehen?« fragte ich, mehr ins Zwielicht hinein
als an dich gewandt.

»Noch nicht. Ich glaube, wir sind bald da«, antwortetest du.

»Bald wo? Ich dachte, das wäre eine Fahrt ins Blaue ohne
Ziel – und hier ist weit und breit nichts mehr«, entgegnete ich.
Doch dann blickte ich zu dir hinüber. Ich sah dein Grinsen und
wusste, du wusstest mehr als ich.

»Du weißt, wo wir hinfahren, stimmt's?«, fragte ich dann.

»Lass dich überraschen.«

Mehr als diese Floskel bekam ich nicht als Antwort. Ganz
gleich, wie sehr ich mich auch bemühte, weitere Informationen
aus dir herauszubekommen, du bliebst hartnäckig und fuhrst mit
mir immer weiter in die Nacht hinein.

Irgendwann – ich hatte längst jegliches Zeitgefühl verloren –
sah ich in einiger Entfernung ein paar goldene Lichter aufflackern.

Sie waren zu nahe am Boden, um ein Haus zu erleuchten, und zu hoch, um als Bodenleuchten zu dienen, und ringsherum war es inzwischen so dunkel geworden, dass man nichts anderes erkennen konnte. Und dann hielten wir an.

»Wir sind da«, sagtest du, nahmst deine Hand von meinem Bein und stiegst aus, bevor ich auch nur eine einzige meiner vielen Fragen an dich stellen konnte.

Perplex blieb ich im Wagen zurück. Ich versuchte, etwas in der Finsternis vor mir zu erkennen, doch mehr als diese paar golden scheinenden Punkte konnte ich nicht sehen. Die Tür neben mir ging auf. Du standest da und strecktest mir deine Hand entgegen.

»Komm mit«, meintest du nur.

In diesem Moment beschloss ich, keine Fragen mehr zu stellen. Du schienst dir so sicher zu sein in allem, was du tatst, und ich war zu aufgeregt, um meiner Besorgnis, meinen Gedanken oder meinem Misstrauen nachzugeben. Stattdessen ergriff ich deine Hand, stieg aus dem Auto und folgte dir in die Nacht.

Du hattest die Taschenlampe deines Handys eingeschaltet, um den Weg zu finden, einen schmalen Trampelpfad, der zu einer alten Holztür führte. Beinahe wurde sie vom wilden Wein ringsum verschluckt. Direkt daneben befand sich ein kleiner Schlüsselsafe. Du drehtest am Ziffernrad, entnahmst den Schlüssel und öffnetest die Tür, als sei dies immer dein Plan gewesen. Die zwei großen Flügeltüren schwangen nach außen auf und da sah ich sie wieder, die goldenen Lichter. Sie gehörten zu kleinen Solarlaternen, die man quer durch den Innenraum erkennen konnte, während der Raum selbst im Dunkeln verborgen blieb. Als das Licht anging, konnte ich meinen Augen kaum trauen. Wir befanden uns in einem kleinen Häuschen, das im alten Landhausstil eingerichtet war. Wunderschöne Parkettböden, heimelige Polstermöbel und großzügige Fensterfronten, die den Blick nach draußen freigaben. In der Mitte des Wohnzimmers hing ein alter Luster, der an vergangene Jahrhunderte erinnerte. Der großflächige Teppich im Wohnzimmer verlieh dem Raum eine ganz besondere Gemütlichkeit. Und hinter der Couch führten ein paar Treppenstufen einen Halbstock nach oben, wo ich eine Küche vermutete, obgleich das Licht nicht bis dorthin reichte. Ich wankte überwältigt ein paar Schritte ins Innere des Hauses, schaute nach oben zur Decke und um mich herum. Es war berauschend.

»Es ist ein altes Bootshaus«, sagtest du in die Stille hinein. Du standest immer noch im Türrahmen, den Blick fest auf mich gerichtet, dein Schmunzeln unverkennbar gezeichnet von deiner Zuneigung.

»Ein Bootshaus?«, fragte ich. »Dann gibt es also ...«

»... ein Boot. Ja, draußen ist ein kleiner Anlegesteg dafür. Komm, ich zeig dir alles«, antwortetest du, kamst auf mich zu, gabst mir einen Kuss auf die Wange und entferntest dich dann wieder, um die Terrassentür zu öffnen.

Ich folgte dir nach draußen, wo die golden leuchtenden Laternen einen kleinen Steg säumten. Ihre Lichter spiegelten sich im Wasser darunter. Und in weiterer Entfernung konnte man ein kleines Segelboot erkennen, das friedlich vor sich hin dümpelte.

»Gefällt es dir?«, fragtest du, als du neben mich tratst und deine Arme um mich legtest. Dein Bart kitzelte sanft über meine Schläfe. Deine Wärme vereinnahmte mich.

»Es ist zauberhaft«, antwortete ich. »Aber wann hast du das denn alles arrangiert? Wir haben doch erst heute Morgen beschlossen, überhaupt wegzufahren.« Ich drehte mich in deinen Armen zu dir um und blickte zu dir hoch, direkt in deine Augen.

Du zucktest nur mit den Schultern und sagtest dann so nonchalant, wie nur du es konntest: »Auf der Feier habe ich ein bisschen recherchiert, welche Ferienhäuser so kurzfristig noch frei sind, und das hier ist mir sofort ins Auge gesprungen. Ich dachte mir, es würde dir gefallen.«

»Es ist perfekt«, entgegnete ich, strich dir über den Nacken und zog dich zu mir, um mich in einem Kuss zu verlieren. Ich versank geradezu in deinen Armen, und alles, was ich mir in diesem Augenblick wünschte, war, dass er niemals verging. Du, ich und das Bootshaus – das war alles, was ich wollte.

Doch du schienst andere Pläne zu haben, löstest dich aus dem Kuss und fragtest: »Wollen wir dann?«

Ratlos sah ich dich an. Dein Blick wanderte von mir zu dem Segelboot, das am Steg angebunden war.

»Was denn, du willst auf das Boot dort gehen?«, fragte ich entgeistert.

»Nein, ich will nicht auf das Boot dort gehen«, erwidertest du. »Ich will mit dem Boot hinaus aufs Wasser.«

»Das können wir doch nicht machen!«

»Doch, natürlich. Es ist unseres. Bis Montag. Genauso wie das Bootshaus auch.«

Ich traute meinen Ohren nicht und konnte kaum verarbeiten, was sich in den vergangenen zwölf Stunden abgespielt hatte: eine Fahrt ins Ungewisse, ein Bootshaus, ein Boot, eine Fahrt damit hinaus aufs Wasser …

»Aber wir können nicht so einfach damit rausfahren! Haben wir überhaupt genug Wind? Und wir brauchen einen Segelschein oder sowas …«, überlegte ich laut vor mich hin, während ich immer noch versuchte, emotional mit dir Schritt zu halten.

»Haben wir und hab ich«, antwortetest du. »Jetzt komm.«

Und schon hattest du meine Hand geschnappt und führtest mich den Steg entlang, hinauf auf das Boot und hinaus aufs Wasser. Es war ein Abend wie im Traum – ausgelassen, vertraut und unerwartet überwältigend im schönsten Sinne.

Als wir das Bootshaus diesmal betraten, fühlte es sich an, als würden wir nach Hause kommen. Du bliebst wieder im Türrahmen stehen und beobachtetest mich beim Staunen. Ich trat ins Innere und bewunderte alles, was wir vor nicht allzu vielen Monaten zurückgelassen hatten. Es herrschte immer noch dieselbe Magie.

»Was meinst du, wollen wir eine Fahrt wagen?«, fragtest du dann, kamst auf mich zu, gabst mir einen Kuss auf die Wange und machtest dich auf den Weg zur Terrassentür.

»Nichts lieber als das«, antwortete ich und gemeinsam gingen wir den Steg entlang, gesäumt von goldenen Lichtern, hinauf auf das Boot, das weitaus mehr Geschichte beherbergte als das Bootshaus selbst.

TRÄUMEN LERNEN

Als wir bereits weit draußen auf dem Wasser trieben, gingst du in die Kajüte und ließest mich verzaubert zurück. Ich tat mir immer noch schwer damit, dich einfach so ein Segelboot steuern zu sehen, als hättest du nie etwas anderes gemacht. Auch wenn ich es inzwischen besser wusste als beim letzten Mal. Auch wenn ich mich inzwischen entspannt an die Reling setzen und verträumt auf den schwarz schimmernden See hinausblicken konnte. Es war immer noch ein wundersamer Moment – jedes Mal, wenn wir ablegten.

Wenige Augenblicke später kamst du mit zwei Gläsern in der Hand zurück, reichtest mir eines davon und gabst mir einen deiner vielsagenden Küsse.

»Du hast sogar Sekt mitgebracht?«, fragte ich erstaunt.

»Nicht Sekt – Champagner!«, kontertest du grinsend.

Ich stimmte in dein Grinsen ein, schüttelte den Kopf und stieß mit dir an. Irgendwo im Nirgendwo, auf einem See, der nur uns zu gehören schien. Mir war egal, worüber wir an diesem Morgen noch debattiert hatten – wir hatten unsere eigene kleine Tradition geschaffen und in diesem Moment traute ich mich, noch weiter zu träumen als bei unserer letzten Bootsfahrt.

Nervös ging ich an Deck des spärlich beleuchteten Segelbootes auf und ab.

»Ella, du kannst dich entspannen. Ich habe alles im Griff«, sagtest du, während du das Boot hinaus aufs Wasser brachtest.

Ich lehnte mich an die Reling, umfasste das kühle Geländer mit meinen Händen und atmete einmal tief durch. Der frische Wind des nahenden Sommers wehte mir entgegen.

»Ich weiß doch. Es ist nur einfach grade ein bisschen viel. Das alles, meine ich«, entgegnete ich leise.

In den vergangenen zwölf Stunden hatte ich Hals über Kopf die Geburtstagsfeier einer lieben Freundin verlassen, um mit dir das Wochenende fernab von zu Hause zu verbringen. Ich hatte weder gewusst, wohin es gehen sollte, noch hatte ich Zeit, mich darauf in irgendeiner Weise vorzubereiten. Das sah mir nicht ähnlich. Doch du hattest etwas an dir, das die abenteuerlustige Seite in mir zum Vorschein brachte, und ich war verliebt genug, um diesem Gefühl nachzugeben. Dass du dann aber auch noch dieses Bootshaus gemietet hattest, einen Segelschein besaßest und mich einfach so mir nichts, dir nichts an Deck eines Bootes hinaus auf das Wasser brachtest, war noch einmal mehr zu verarbeiten, als ich geglaubt hatte.

Du umschlossest mich von hinten mit deinen Armen. Ich legte meinen Kopf in den Nacken, schloss die Augen und genoss deine Gegenwart. Als ich sie wieder öffnete, war ich endlich ruhig. Ich konnte endlich den Moment genießen. Ich war endlich im Hier und Jetzt angekommen.

»Du hast also einen Segelschein?«, fragte ich dann. Es war das Erste, was mir in den Sinn gekommen war. Das erste bisschen, das ich aufholen wollte.

»Ja, weißt du, den musste ich damals fast machen. Als ich noch als Tauchlehrer gearbeitet habe, war es einfacher mit Segelschein«, erklärtest du und ich hätte nicht überraschter sein können.

»Du hast als Tauchlehrer gearbeitet?«, fragte ich.

Ein flüchtiges Grinsen huschte über deine Lippen und ging im Schatten deines Dreitagebartes verloren.

»Es gibt so einiges, was du noch nicht über mich weißt, Ella«, sagtest du dann. »Aber ja, ich war einige Jahre lang Tauchlehrer. Das wollte ich immer schon ausprobieren und sobald ich das

Geld dafür zusammen hatte, habe ich die Ausbildung gemacht und ein paar Monate später hat mich eine Tauchschule in Südafrika tatsächlich angestellt.«

Du erzähltest all das, als wäre es nichts weiter als eine Kleinigkeit, doch für mich sprach aus dieser kurzen Anekdote mehr Mut, als ich selbst jemals hatte aufbringen können. Ich versuchte, mir meine Bewunderung nicht anmerken zu lassen, lehnte mich gegen die Reling und ließ meinen Blick gedankenverloren über den See schweifen. Du aber schienst den Impuls bemerkt zu haben, den du in mir ausgelöst hattest, denn wenige Sekunden später fragtest du: »Gab es denn für dich noch nie etwas, das du schon immer machen wolltest?«

Natürlich gab es da etwas, dachte ich. Aber ich hatte nie genug Tapferkeit aufbringen können, um diese tollkühne Idee zu verfolgen. Erst recht nicht, nachdem mir mein Traum genommen worden war. Also schwieg ich. Ich schwieg so lange, bis du mich mit durchdringendem Blick ansahst. Beinahe fühlte es sich so an, als könntest du alleine durch diesen Blick alles in Erfahrung bringen, was du wissen wolltest. Und also gab ich mich geschlagen. Und ich erzählte. Erzählte von meinem Traum, irgendwann einmal als Malerin erfolgreich zu sein, ganze Ausstellungen mit meinen Bildern zu füllen, von Gemälden leben zu können in einer Stadt weit weg von hier. Es klang so absurd, dass es schon wieder schön war. Und noch während ich erzählte, spürte ich wieder dieses Feuer in mir, glühend heiß und tosend, sodass ich mich erst hinsetzen musste, ehe ich mich gar auf den Boden des Bootsdecks legte. Du legtest dich neben mich und eine ganze Weile lang lagen wir nur so da und starrten in den finsteren Nachthimmel.

»Ich habe dich immer schon als Künstlerin gesehen«, sagtest du dann, fast schon beiläufig und doch ganz ernst.

Ich wandte meinen Blick vom Himmel ab und drehte den Kopf

zur Seite, sodass ich deinen Gesichtsausdruck deuten konnte. Du meintest es aufrichtig.

»Wie kommst du darauf?«, fragte ich dann.

Nun drehtest auch du deinen Kopf zur Seite und sahst mir direkt in die Augen.

»Bei dir zu Hause hängt doch dieses Bild. Oberhalb der Kommode im Flur. Ich habe mir immer vorgestellt, du hättest es gemalt«, antwortetest du.

»Du hast nie etwas gesagt«, entgegnete ich leise, wohl wissend, wie recht du mit deiner Behauptung hattest.

»Ich wusste es ja auch nicht sicher. Und ich wollte mir diese Vorstellung gerne im Kopf behalten.«

Ich wandte meinen Kopf wieder dem Nachthimmel zu. Du sahst mich weiterhin an. Schon wieder dieser bohrende Blick. Diesmal wusste ich, was du hören wolltest. Doch die Befriedigung, es auszusprechen, ohne auch nur einmal danach gefragt worden zu sein, wollte ich dir nicht geben. Und also gabst du dich geschlagen. Und du fragtest nach: »Hast du dieses Bild denn nun gemalt, Ella?«

Ich traute mich nicht, es laut auszusprechen. Aus irgendeinem Grund empfand ich plötzlich eine tiefe Scham, wenn ich nur an meine Antwort dachte. Und so nickte ich nur. Ich nickte und das genügte. Du sprachst weiter:

»Versuch es!«

Immer noch sahst du mich durchdringend an. Mein Blick blieb indes stur nach oben gerichtet. Ich konnte dich weder anschauen noch ernst nehmen, obgleich ich wusste, dass du es absolut ernst meintest. Meine eigenen Hemmungen und die Angst davor, meinen Traum erneut scheitern zu sehen, hielten mich davon ab.

»Ella«, begannst du wieder, fasstest mit deinen Fingern an mein Kinn und drehtest es sanft zur Seite, sodass ich dich nun ansehen musste. Du wolltest, dass ich dich ansah, als du wiederholt sagtest: »Versuch es!«

»Ich kann nicht«, antwortete ich.

»Natürlich kannst du! Ich habe deine Bilder doch gesehen. Das in deinem Wohnzimmer ist doch auch von dir, oder?«

Ich nickte. Es waren meine beiden liebsten Arbeiten.

»Du bist wahnsinnig talentiert. Du musst das einfach versuchen! Ella, ich helfe dir dabei, wenn du willst. Ich kenne Valerie Roth. Ich könnte ihr ein paar deiner Bilder zeigen.«

Überwältigt vom Augenblick, von deinen Worten, deiner Zuwendung und deiner Unterstützung küsste ich dich. Überschwänglich. Innig. Leidenschaftlich. Damit war unsere Unterhaltung beendet. Wir verloren uns in diesem Kuss, der nicht schöner hätte sein können, der stetig intensiver wurde, bis du ihn abbrachst und zwischen zwei flachen Atemzügen »Wir sollten zurückfahren« hervorstießt. Und ohne ein weiteres Wort richtetest du dich auf und brachtest uns wieder zum Bootshaus. Dort sollte ich erfahren, wieso du es plötzlich so eilig hattest.

Kaum war das Boot sicher am Anlegesteg festgebunden, fuhrst du dort fort, wo wir an Deck aufgehört hatten, und wir verloren uns in einem leidenschaftlichen Kuss. Mit Mühe hatten wir es irgendwie zurück ins Haus geschafft. Wenige Sekunden später zierte dein Shirt bereits den Boden. Du drücktest mich gegen die Wand, knöpftest meine Bluse auf und hobst mich hoch. Meine Beine umschlangen deine Hüften. So trugst du mich nach oben ins Schlafzimmer, wo wir die ganze Nacht kaum schlafen würden. Doch als es so weit war, als die Lust befriedigt und die Leidenschaft gestillt war, schloss ich meine Augen und hing zum ersten Mal seit Langem wieder meinen Träumen nach.

Ich träumte von dir, während du neben mir standest, an Deck unseres kleinen Segelbootes, denn inzwischen war ich mutig genug, um von dir zu träumen. Von dir und mir und einer gemeinsamen Zukunft, die mich als Künstlerin akzeptierte und dich als Partner verehrte. Ich sah es vor mir: Wie alles in Erfüllung ging, was ich mir ausmalte. Wie es sein würde, meinen Traum zu leben. Wie es sich anfühlte, frei zu sein. Wie es sein könnte, mit dir an meiner Seite. Es war einfach, fühlte sich leicht an, sprühte vor Leben und vor Glück.

Genau hier, auf jenem Bootsdeck, hatte ich vor Monaten gelernt zu träumen. Ich hatte gelernt, meine Träume zu schätzen, sie lieb zu gewinnen und ernst zu nehmen. Und ich hatte gelernt, wieder darauf zu vertrauen, dass sie eines Tages wahr werden konnten. Und genau das tat ich nun, als ich dich dort stehen sah, mit einem Martini-Glas in der einen und einem Picknickkorb in der anderen Hand.

»Du hast auch noch ein Picknick vorbereitet?«, fragte ich.

»Ich habe den Vermieter gebeten, ein paar Dinge für uns am Boot zu deponieren«, entgegnetest du. »Mach dir aber nicht allzu große Hoffnungen. Du kennst ihn doch …«, antwortetest du.

Ich kannte den Vermieter – flüchtig –, und das auch nur, weil du dich nach unserem letzten Aufenthalt im Bootshaus gewissermaßen mit ihm verbrüdert hattest, damit wir bald wieder ein paar Nächte hier verbringen konnten. Doch ich wusste auch, dass dies keine große Rolle spielte, denn letztlich lautete die Antwort auf meine Frage »Ja«. Ja, du hattest das alles für uns vorbereitet. Ja, es lag dir etwas daran, unsere gemeinsame Zeit zu etwas Besonderem zu machen. Und ja, ich durfte weiterträumen.

WUNDERLAND

Vor Jahren schon hatte ich einmal begonnen zu träumen, ohne zu merken, dass mir meine Träume genommen wurden – und mit ihnen mein Vertrauen. Ich hatte verlernt, an das Wohlwollen anderer zu glauben, ohne nicht auch ein gewisses Maß an Opportunismus zu vermuten. Nun jedoch hatte ich erneut Wunderland betreten, hatte die bunte Vielfalt des Möglichen bestaunt, Ideen sprießen lassen und mich heimisch gefühlt. Heimisch, doch noch lange nicht sicher.

Ich hatte also die Wahl: Ich konnte Wunderland wieder verlassen, mich mit dem zufriedengeben, was ich in Wirklichkeit besaß, um jegliche Form der Enttäuschung bestmöglich zu umgehen. Oder ich konnte mich weiter umsehen, mit dem Risiko freilich, irgendwo falsch abzubiegen und auf einen Hinterhalt zu stoßen, dafür jedoch offen für die Chancen, die das Schicksal mir nur dort, in den wundersamsten Winkeln von Wunderland, bereit war zu geben.

Die Lichter auf dem Wasser waren erloschen. Die Luftschlösser vom Vorabend hatten sich in Wohlgefallen aufgelöst. Doch selbst im Morgengrauen versprühte das Bootshaus noch eine ganz besondere Magie. Blasser Nebel hing in der Luft und mein Atem wurde sichtbar, als ich an jenem Tag in eine dicke Decke gehüllt durch die Terrassentür ins Freie trat. Eine ganze Weile lang gab es nur mich, die graue Luft, den Steg zum See hinaus und meine Gedanken, die noch den Träumereien der letzten Nacht nachhingen. Inzwischen musste ich mich fragen, ob ich diesen Träumen trauen konnte. Ob sie tatsächlich zu mir gehörten oder ob ich sie nur als zu mir gehörig empfand, da du es warst, der sie aufgebracht hatte. In der morgendlichen Stille ließ ich diesen Gedanken ziehen, um Jahre zurück, um nicht noch einmal den Fehler zu begehen, mich selbst für etwas zu verraten, was von außen an mich herangetragen wurde. Schließlich erkannte ich jedoch, dass es mein Traum gewesen war, der vor einigen wenigen Stunden zu mir zurückgefunden hatte. Es gab ihn schon lange vor dir, doch er verlangte nach einem flinken Handgriff, der ihn zurück aus einer Versenkung voller Zweifel und Ängste zu ziehen vermochte. Du hattest das geschafft und du hieltest ihn mir vor wie einen Spiegel – als Teil meiner selbst.

Deine Arme umschlossen mich sanft von hinten. Dein warmer Atem kitzelte meinen Hals entlang. Deine Küsse waren mir inzwischen nur allzu vertraut und es dauerte keine zwei Sekunden, bis ich mich wieder leicht fühlte und frei.

»Guten Morgen«, brachtest du zwischen meinen Lippen hervor mit einem schelmischen Grinsen, das ich mindestens genauso gut kannte, war es doch das Erste an dir, dem ich verfallen war.

»Willst du etwa gleich dort weitermachen, wo wir gestern aufgehört haben?«, fragte ich. Nun musste auch ich grinsen. Was hattest du nur an dir, dass du mich immer wieder in deinen Bann zogst?

»Wieso nicht?«

Küsse auf den Mund, meinen Hals entlang, an Schlüsselbein und Schulter.

»Wir haben doch noch den ganzen Tag Zeit.«

Deine Hände an meiner Hüfte zogen mich näher zu dir.

»Wobei ...«

Du hieltest inne und sahst mich musternd an.

»Wobei?«, fragte ich, deinen Blick erwidernd. Mehr brauchte es nicht, bis ich begriff.

»Du hast recherchiert, oder?«, fragte ich dann.

Ein reumütiger Blick, halb bedauernd, halb verwegen.

»Erzähl!«

Natürlich hatte ich bereits eine Vermutung. Ich kannte dich zu gut und wusste genau, wenn du diesen Ort hier bereits vorab gebucht hattest – wenn auch recht kurzfristig –, musstest du zumindest nachgesehen haben, was es in der näheren Umgebung sonst noch zu sehen und zu tun gab. Außerdem hatte auch ich inzwischen ein paar Nachforschungen angestellt. Ich konnte mir also denken, in welche Richtung dieses Gespräch nun gehen würde. Doch einerseits wollte ich es von dir hören und andererseits wollte ich dir diesen Moment der stolzen Offenbarung nicht nehmen.

»Es gibt hier ganz in der Nähe eine Sternwarte, die wir uns ansehen könnten. Die bieten auch Führungen an, falls du Lust hast. In zwanzig Minuten wären wir dort.«

Wusste ich es doch.

»Was meinst du?«, fragtest du abschließend.

Und wieder dieses Grinsen.

»Das klingt perfekt, finde ich.«

Ein triumphierender Blick und ich hätte schwören können, auch ein wenig Stolz darin erkannt zu haben. Mehr brauchte es nicht.

Entfremdet von der Stimmung des Augenblicks wollte ich wieder ins Haus gehen, um mich anzuziehen und mich zurechtzumachen für unseren ersten Ausflug fernab von zu Hause, als du meine Hand ergriffst und mich zurückhieltest. Fragend sah ich dich an, abwartend ob einer Erklärung.

»Ich werde nicht so gehen, weißt du?«, sagte ich dann, nachdem du scheinbar beschlossen hattest, dein Schweigen aufrechtzuerhalten. »Ich muss mich erst noch anziehen.«

»Die sperren aber erst nachmittags auf. Wir haben Zeit.«

Dein Schweigen war gebrochen, doch mir blieb kein Moment

mehr zum Antworten, denn binnen eines Wimpernschlags hatten wir uns wieder ineinander verloren, und der Morgen endete vertraut, behaglich und aufregend zugleich.

Bei unserem Besuch in der Sternwarte ging es mir ähnlich. Ich sah dir beim Staunen zu, beim Nachdenken und beim Genießen, während ich selbst ganz gleich empfand. Wir verbrachten Stunden dort zu, bis die letzte Vorführung vorbei war und wir gebeten wurden zu gehen, da in einer halben Stunde geschlossen werden sollte. Der Projektor schaltete sich auf Standby und zeigte tausende Sterne, die sich langsam durch den Raum bewegten, als wären sie immer da gewesen. Und gerade als ich durch die Tür hinausspazieren wollte, ergriffst du plötzlich das Wort:

»Was hat dich heute Morgen eigentlich so beschäftigt?«

»Hm?«

Geistreicher konnte ich in diesem Augenblick nicht antworten. Ich war hin- und hergerissen zwischen dem akuten Gefühl des Zeitdrucks, welches die aktuelle Situation gezwungenermaßen mit sich brachte und den Gedanken an die Morgenstunden, die mir wie ein kitschiger Liebesroman im Gedächtnis geblieben waren. Beschäftigt hatte mich in diesen Minuten nichts außer körperlicher und emotionaler Hingabe – der wohl angenehmste Nebeneffekt unserer gemeinsamen Zeit.

»Bevor ich zu dir nach draußen gekommen bin. Du warst ganz in Gedanken versunken«, fuhrst du fort.

Nun war der Groschen gefallen, und ich überlegte ernsthaft, ob ich dir ungefiltert alles anvertrauen sollte, ehe ich mich – mehr aus einem Bauchgefühl heraus als aus einem Vernunftgedanken – dafür entschied.

»Ich habe an dieses Bild von gestern gedacht. Von mir als Künstlerin«, antwortete ich. »Ich habe mich gefragt, ob ich mich selbst so sehe oder ob mir nur die Vorstellung gefällt, dass du mich so siehst.«

»Und wie lautet dein Urteil?«

»Ich liebe diese Vorstellung, seit ich denken kann. Ich habe sie schon einmal verfolgt, noch bevor wir uns kannten, doch daraus wurde nichts. Meine Bilder wurden nie ausgestellt. Lange Zeit habe ich auch nicht mehr daran gedacht, es erneut zu versuchen. Bis gestern.«

Da war sie, die ganze Wahrheit, und der Ausdruck in deinem Gesicht veränderte sich mit ihr und wurde plötzlich ernst. Durch deine Reaktion vergaß ich ganz, dass wir diese Diskussion nun im Grunde gar nicht führen sollten. Nicht hier. Nicht jetzt. Doch du hattest mich wieder in deinen Bann gezogen, sodass weder Zeit noch Raum eine Rolle spielten. Ich hatte für beides mein Gespür verloren – vollends aber spätestens, nachdem ich deine Antwort gehört hatte:

»Noch ein Grund mehr, deinen Traum zu verfolgen, oder?«

Ich blickte dich mit derselben Skepsis an, mit der ich dir auch schon in der Nacht zuvor an Deck des Segelbootes begegnet war. Doch du bliebst hartnäckig.

»Weißt du, ich habe keinen solchen Traum. Aber wenn man das Glück hat und eine so große Leidenschaft für etwas hegt wie du fürs Malen, dann sollte man sich ihr auch widmen, finde ich.«

Die Sterne tanzten über dein Gesicht, als du dieses kurze Plädoyer sprachst, doch dadurch wurde dessen Nachdruck nicht weniger deutlich. Es schien dir wichtig. Wichtiger noch, als die rosarote Blase aufrechtzuerhalten, in der wir uns eingenistet hatten, denn diese drohte nun zu platzen, als ich erneut das wiederholte, was ich dir bereits am Vorabend gesagt hatte:

»Ich kann nicht.«

Und wieder bliebst du hartnäckig.

»Warum nicht?«

Du suchtest meinen Blick. Ich erwiderte ihn und hielt ihm

stand, als ich all meine Vorsicht zur Seite schob und dir mein ganzes Ich offenbarte.

»Weil ich Angst habe. Ich will das schon so lange. Was ist, wenn ich es nicht schaffe?«

»Und was, wenn doch?« erwidertest du.

Stille machte sich im Raum breit, während die Sterne immer noch über uns hinwegtanzten. Ich ließ deine Worte ihre Wirkung tun, doch entgegnen konnte ich nichts. Stattdessen blickte ich dich perplex an.

»Ella, mach einfach dort weiter, wo du aufgehört hast, und male! Wenn du es nicht versuchst, wirst du es nie wissen.«

Erneute Stille. Immer noch konnte ich nichts erwidern. Du sprachst weiter.

»Meine Unterstützung hast du. Voll und ganz. Ich könnte mich für dich umhören, dir Kontakte verschaffen, wenn du das willst. Aber das geht nicht, wenn du nicht anfängst.«

Schon wieder dieser Nachdruck in deiner Stimme, der Ernst in deinem Gesicht, die Sterne auf deinem Körper und noch mehr Worte, die in mir nachhallten, obwohl ich längst wusste, dass du Recht hattest. Doch noch war meine Angst größer.

»Ich überlege es mir, okay?«, antwortete ich schließlich. »Aber jetzt sollten wir erst mal gehen.«

Wir verließen die Sternwarte an jenem Abend stillschweigend. Jedoch nicht, weil du enttäuscht von mir warst oder gar wütend – dies waren Konsequenzen aus einer anderen Zeit in meinem Leben, zu der du nicht gehörtest. Von dir wurde mir hingegen anderes suggeriert, und ich lernte dein Verständnis, dein Feingefühl und deine Unterstützung noch mehr zu lieben denn je. Denn ohne dass du es hättest aussprechen müssen, wusste ich, dass du für mich da sein würdest bei jedem Schritt, den ich unternehmen würde, um meinem Traum ein Stück näher zu kommen. Natürlich sprachst du es dennoch aus – die ganze Fahrt zurück bis zum Bootshaus. Und ich konnte mich meines Lächelns nicht mehr erwehren, wohl ahnend, dass die glücklichste Zeit meines Lebens noch vor mir lag.

Durch dich veränderte sich meine Sicht auf die Dinge. Ich lernte, erneut zu träumen, durch dich. Ich erfuhr, was es bedeutete, uneingeschränktes Wohlwollen zu erlangen, durch dich. Und schließlich fand ich zurück zu jener Zuversicht, die einst Bestandteil meines gesamten Wesens gewesen war – durch dich.

Fortan musste ich mich nie wieder fragen, ob ich mir mit meinen Entscheidungen sicher war. Ich tat auch nie wieder etwas, wofür ich zunächst hätte überlegen müssen. Sobald ich etwas in Frage stellte, war dies gleichbedeutend mit dem Anfang vom Ende. Und so entschied ich mich schließlich aus tiefster Überzeugung heraus für das Wunderland – und mit ihm für das Schicksal, das die Sterne für mich bereithielten.

ANGST

Kurz schloss ich die Augen. Ich wagte es, zu blinzeln. Und binnen eines Wimpernschlags war unser zweites gemeinsames Wochenende im Bootshaus vorübergezogen.

Ich mochte mir nicht vorstellen, wie es sein würde, wenn du mich nach Hause brachtest. Ich schob den Gedanken so lange vor mir her, wie ich konnte. Doch ich genoss deine Gesellschaft so sehr, dass es sich abermals so anfühlte, als würde die Zeit verfliegen, und kaum hatte ich einmal nicht aufgepasst, bogen wir bereits in meine Straße ein. Ich warf dir einen wehmütigen Blick zu. Du blicktest mit einem sanften Lächeln zurück – jenes, das mir Sicherheit gab. Jenes, das mir bloßes Vertrauen und Geborgenheit schenkte.

Die Zeit, die ich mit dir verbachte, hatte sich immer schon wundersam angefühlt – ungewöhnlich entschleunigend und doch unfassbar schnelllebig, sodass es mir Angst machte. Wir waren einander Hals über Kopf verfallen, durchtanzten die Nächte, führten die angeregtesten Diskussionen bis vier Uhr früh. Wir forderten uns gegenseitig heraus und brachten doch das Beste im anderen zum Vorschein. Wir genossen gemeinsam die Momente der Stille und waren zusammen laut. Und mit einem Mal fühlte es sich so an, als wäre es nie anders gewesen.

Doch bald schon wurde es viel, und nach unserem Wochenende im Bootshaus hatte ich plötzlich das Gefühl, nicht mehr Schritt halten zu können. Nicht mit dir und mir und jener Spätsommernacht, da alles angefangen hatte. Nicht mit der selbst auferlegten Freundschaft, zu der wir uns danach über Monate hinweg zwangen. Und schon gar nicht mit der Anziehung glimmernder Funken zwischen uns, welche im Frühjahr schließlich obsiegte und uns in eine Zeit der Zweisamkeit zog, die sich wie eine wohlwollende Blase um uns gespannt hatte. Es war Glück in einer Form, die ich so nicht kannte, und ich begann, diesen Glücksrausch infrage zu stellen, sowie du mich nach eben diesem Wochenende im Bootshaus nach Hause gebracht hattest.

Einsam auf dem Geländer meines Balkons stellte ich fest, dass es immer eine gewisse Vertrautheit gewesen war, die uns einte. Ich nahm einen Schluck meines frisch gebrühten Kaffees, dessen Dampf sich in der kühlen Morgenluft mit meinem Atem vermischte, und ließ die vergangenen Wochen und Monate nochmals Revue passieren: Jede Umarmung, jeden Blick, jeden Kuss, jedes Gespräch, jede Berührung, jedes Lächeln, jedes Wort, jedes bedeutungsvolle Schweigen. All das hallte in tiefer Vertrautheit in mir wider. Wie ein alter Film, den man schon so oft gesehen hatte, dass man ihn nicht noch einmal abspielen musste, um ihn erneut sehen zu können, da man ohnehin jede Minute im Gedächtnis behalten hatte.

Noch ein Schluck Kaffee. Meine Gedanken zogen weiter. Wie konnte das sein? Ich kannte dich erst ein gutes Jahr lang. Reichte das aus, um dir so sehr zu vertrauen, dass ich mich in deiner Gegenwart regelrecht fallen lassen konnte? Dass du dich in meiner Gegenwart fallen lassen konntest? Das Holz unter mir fühlte sich plötzlich unangenehm kalt an.

Konntest du dich überhaupt fallen lassen? Konntest du dieselbe Vertrautheit zwischen uns spüren wie ich? Wir waren einander derart schnell verfallen, dass wir es gar nicht bemerkt hatten. Womöglich war diese Vertrautheit zwischen uns in Wahrheit nicht mehr als ein einziger langer freier Fall.

Noch ein Schluck. Der Kaffee war inzwischen längst kalt. Meine Beine hatten zu zittern begonnen. Doch bewegen konnte ich mich nicht. Meine Gedanken hielten mich zu fest in ihrem Griff.

Was war nun also Wirklichkeit gewesen? Unser Tanz, unser Kuss, unser Ausflug in die Nacht? Das Bootshaus, der See, die Sternwarte? Die Grillfeier, wir beide, die Fahrt ins Blaue? Das Zwielicht, deine Wohnung, mein Verlangen, deine Berührung? Dein Lächeln, dein Summen, deine Hand, die meine umschloss? Und plötzlich hallte es in mir wider – jenes Gefühl tiefster Vertrautheit, dessen ich mir vor Stunden noch gewiss gewesen war. Inzwischen war es jedoch nur noch ein Schatten seiner selbst, blass und unscheinbar.

Stunden vergingen, in welchen ich meine Erinnerungen zusehends mit Wunschdenken zu verwechseln glaubte und ein dumpfes Gefühl in meiner Magengrube mir zu vermitteln versuchte, alles in Zweifel ziehen zu müssen, was ich je für Wahrheit gehalten hatte: dich, mich, uns, alles. Es hatte nicht einmal einen Tag gedauert, um mich selbst wieder so sehr infrage zu stellen wie noch vor einem Jahr. Vor meiner Flucht. Vor dir.

Die Tasse zu meiner Rechten war leer und mein Körper schlotterte inzwischen als Ganzes vor Kälte. Meine Gedanken zogen an mir vorbei wie im Fieber, während ich krampfhaft nach einer Lösung für das Chaos in meinem Kopf suchte. Zurück in meine Wohnung zu gehen wäre mit Sicherheit ein guter Anfang gewesen, doch auch ein wärmendes Feuer im Ofen konnte mich nicht vor meinen lärmenden Gedanken bewahren. Stattdessen tippte ich eine Nachricht in mein Handy:

»Leander, können wir uns treffen?«

Das war alles. Keine beschwingte Anrede, keine Floskel zum Schluss, keine Erklärung. Ich schickte die Nachricht noch in derselben Sekunde ab, da ich sie getippt hatte. Nun konnte ich aufstehen. Der erste Schritt war getan. Ich heizte den Ofen ein, um mich wieder aufzuwärmen, und wenige Minuten später erschien bereits deine Antwort auf meinem Display:

»Natürlich! Soll ich vorbeikommen?«

»Ja. Bitte.«

Als hättest du geahnt, dass es schnell gehen musste. Dass es einfach sein sollte. Dass ich gerade beides brauchte und vieles wollte, nur keine Fragen.

Kurz darauf standest du vor meiner Tür. Du sahst mich mit demselben durchdringenden Blick an, der mir jede Wahrheit entlocken konnte, ganz gleich, wie sehr ich mich auch bemühte, diese vor dir zu verbergen.

Ich stand wie versteinert im Türrahmen, als du nach meiner Hand griffst, um mich zur Couch zu bringen. Nach einer gefühlten Ewigkeit setzten wir uns. Meine Hand lag immer noch in deiner. Ich legte meine Beine in deinen Schoß, lehnte meinen Kopf an deine Schulter. Vertrautheit ohne Worte. In diesem Augenblick brauchte es nur dich und mich und schon wurde es in meinem Kopf wieder klarer – erst langsam und dann immer schneller, alles vereinnahmend, wie der Nebel, der draußen vor der Tür aus der Erde kroch. Ich konnte wieder mit dir Schritt halten, nun, da du bei mir warst und die Erinnerungen der letzten Wochen und Monate erneut zu Realität wurden.

Die Vertrautheit zwischen uns wuchs an jenem Tag, als du mir erst deine Geduld schenktest, dann deine Zuwendung und zuletzt dein ganzes Selbst. Mit jeder Berührung und jedem Wort und jedem Hauch, als dein Körper eins wurde mit meinem. Es war eine andersartige, neue Art der Vertrautheit, deren Wahrhaftigkeit ich erst fassen lernen musste, denn ich spürte bereits, wie sie begann zu verblassen, als du wieder aus meiner Tür tratst. Meine Unsicherheit wuchs, als du dich langsam von mir entferntest. Doch du drehtest dich noch einmal um und schenktest mir ein sanftes Lächeln, das mir alles zu geben vermochte, was ich brauchte. Denn in diesem Augenblick – und solange es solche Augenblicke geben würde, in denen du dich lächelnd zu mir umdrehtest – wusste ich, dass ich die Vertrautheit zwischen uns immer wieder würde abrufen können, als wäre sie ein alter Film, den ich bereits auswendig kannte.

Als ich mich von deinem Blick löste und wir vor meiner Wohnung hielten, erkannte ich Ames. Ich traute meinen Augen kaum – wir hatten nichts vereinbart, waren weder verabredet, noch wollte mir sonst irgendein Anlass einfallen, den ich womöglich übersehen hatte und aufgrund dessen sie mich nun vor meiner Haustür hätte erwarten wollen.

»Ist das Ames?«, fragtest du, mindestens so verblüfft, wie ich es war.

»Sieht so aus«, entgegnete ich.

»Seid ihr verabredet?«

»Nein, ich … Ich weiß auch nicht, wieso sie hier ist.«

Ich stieg aus dem Auto und begrüßte sie überschwänglich. So war das Ende unseres gemeinsamen Wochenendes zwar nicht geplant gewesen, doch ich war zu neugierig, um nicht gleich in Erfahrung bringen zu wollen, was los war.

Wie sich herausstellte, war der Grund für Ames' Besuch ebenso unaufgeregt wie vorhersehbar. Ich hatte schlicht und ergreifend unseren allmonatlichen Pizza-Abend vergessen – eine weitere Tradition, die ich lieben gelernt hatte, zwischen ihr und mir als Freundinnen. Es war mir sichtlich unangenehm, sie warten gelassen zu haben, und nochmals unangenehmer, nachdem du mein Gepäck aus dem Kofferraum geholt und zu mir gebracht hattest und folglich genau mitbekamst, was vor sich ging. Doch Ames verstand es bestens, die Peinlichkeit der Situation zu überspielen.

»Ach, das macht doch nichts!«, sagte sie, nachdem ich mich beschämt bei ihr entschuldigt hatte. »Eigentlich trifft sich das sogar ganz wunderbar – jetzt kann ich euch gleich beide zu meiner Abschiedsparty am Wochenende einladen. Zwei Fliegen mit einer Klappe.«

Ihre hellgrünen Augen funkelten freudestrahlend, während sie quirlig zwischen uns von einem Fuß auf den anderen wippte.

Sie war eine Meisterin darin, die Stimmung aufzulockern, doch dieser Themenwechsel war nun sogar mir ein wenig zu drastisch. Ich konnte spüren, dass sich etwas verändert hatte. Die Atmosphäre schien mit einem Mal angespannt zu sein, und ich fühlte mich unfreiwillig an jenen Augenblick auf der Geburtstagsfeier der lieben Ames zurückerinnert, als ich unwillkürlich wahrnahm, dass sich auch etwas an dir verändert hatte.

»Deine Abschiedsparty?«, fragte ich schließlich. »Jetzt schon?!«

»Na ja, da ich nächste Woche fliege, ist das wohl die letzte Gelegenheit, oder?«, lachte sie mir entgegen.

Ich lauschte ihren Worten aufmerksam und doch konnte ich nicht glauben, wie schnell die Zeit verflogen war. Wieder war es nur ein Wimpernschlag gewesen. Ein weiterer und ich würde mich von Ames verabschieden müssen. Umso wichtiger war es mir, gleich für die Party zuzusagen – und tatsächlich freute ich mich schon darauf. Es war bereits eine Weile her, seitdem ich das letzte Mal ausgelassen gefeiert hatte. Und einen schöneren Anlass, als meine gute Freundin und ihr zukünftiges Leben in London zu zelebrieren, konnte ich mir gar nicht vorstellen.

Bei dem Gedanken fühlte ich mich endlich wieder wohl in meiner Haut, wenngleich die Atmosphäre nach wie vor getrübt zu sein schien. Ich umschloss deine Hüfte und zog dich näher zu mir, um dich in das Gespräch miteinzubinden. Doch wider Erwarten bliebst du still und überließest mir das Reden. Ein dumpfes Gefühl machte sich in meiner Magengrube bemerkbar – und wieder erinnerte es mich an die Geburtstagsfeier im späten Frühjahr – und es wollte nicht verschwinden, solange die

Situation andauerte. Ich griff nach deiner Hand, suchte nach der Vertrautheit, die uns verband. Doch diesmal wollte sich mein Bauchgefühl davon nicht besänftigen lassen.

Die frische Herbstluft wurde langsam kalt und unbarmherzig und ich sah ein, dass es Zeit war, mich von dir zu verabschieden. Ungern zwar, denn mein unbehaglicher Instinkt wollte immer noch nicht weichen, aber dennoch. Also sah ich dir nach, sah dir zu, wie du zurück zum Wagen gingst, wie du dich immer weiter von mir entferntest. Doch diesmal drehtest du dich nicht um. Diesmal bekam ich weder deinen sanften Blick noch dein vertrautes Lächeln. Diesmal war es anders, als du gingst, und die Angst war gekommen, um zu bleiben – als dumpfes Gefühl irgendwo in meiner Magengegend.

NIEDERGANG

Unser Niedergang kam in Schüben, die sich ankündigten durch dein Echo, das nicht länger nach dir klang. Es war einer maskierten, verklärten Version von dir gewichen, welche die schönsten Abende in die Düsternis der Nacht tauchte – gerade so viel, dass sich der Mitternachtsglanz bereits ankündigte, und doch so betörend, dass ich nicht anders konnte, als darin zu versinken.

»Was denn, sie geht jetzt also wirklich weg? Und für wie lange?«, fragtest du, während du dir dein Shirt überstreiftest und zu mir in die Küche kamst.

»Ich weiß es nicht«, antwortete ich. »Ich schätze, sie weiß es selbst nicht. Aber heute ist die letzte Gelegenheit, sie noch einmal zu sehen, bevor sie abfliegt. Und sie zu feiern und Zeit mit ihr zu verbringen.«

Ich reichte dir deine Kaffeetasse über die Anrichte hinweg. Du schenktest dir nochmal nach. Mir auch. Wir hatten inzwischen unsere Routinen der Zweisamkeit entwickelt. Wochenenden und Tage wie jene im Bootshaus hatte es noch oft gegeben – auch wenn wir gar nicht mehr dort waren. Es brauchte nur dich und mich und die Vertrautheit kehrte wieder.

»Mir geht es doch gar nicht um die Frage, ob wir hingehen. Du weißt, ich komme gern mit, solange du auch dort bist«, sagtest du, lächeltest und streicheltest mir liebevoll über den Arm. Wie immer war dein Lächeln ansteckend und ich gab dir noch einen Kuss, bevor mich auf den Weg ins Schlafzimmer machte, um mich umzuziehen.

»Ich verstehe nur nicht, woher diese Idee auf einmal kommt«, riefst du mir hinterher. »Das letzte Mal, als ich mit Ames geredet habe, war das noch gar nicht spruchreif.«

»Das letzte Mal, als du mit ihr geredet hast, ist ja auch schon etwas länger her«, entgegnete ich, und als ich mich umdrehte, standest du plötzlich grinsend im Türrahmen. Du musstest nichts sagen; ich erkannte schon am Blick deiner tiefgrünen Augen, was du dachtest, und verliebte mich wieder und wieder in dieses innige Gefühl der Vertrautheit, die keiner Worte bedurfte. Deine Hand umschloss die meine, während du mich mit der anderen an der Taille packtest und näher zu dir zogst. Es waren diese Momente, in denen ich dir verfiel. Es waren diese Momente, in denen es nichts und niemanden mehr auf der Welt gab außer uns. Und es war genau dieser eine Moment, da ich wusste, ich würde nicht mehr dazu kommen, mich umzuziehen.

Der Abend von Ames' Abschiedsparty versprach das Beste von allem: ein ausgelassenes Fest mit Freunden und Bekannten, die ich in den vergangenen Monaten lieben gelernt hatte, gutes Essen, anregende Gespräche und Musik, die alle auf die Tanzfläche lockte – auch dich und mich. Und es geschah in jenen Minuten, als wir ganz im Zauber des Augenblicks verschwanden, dass ich realisierte, wie ungewohnt anders es sich anfühlte, mit dir zusammen in einer Menschentraube unterzugehen. Es war das erste Mal, dass wir vor unseren Freunden als ein Wir auftraten, nach so vielen Monaten. Ich dachte zurück und versuchte, mich an eine Gelegenheit zu erinnern, zu der wir hätten zeigen können, dass uns mehr verband als Freundschaft. Auf Ames' Geburtstagsfeier vor ein paar Monaten wäre es möglich gewesen. Im späten Frühjahr hatten wir uns bereits regelmäßig getroffen – bei dir, bei mir und überall dazwischen. Doch damals fühlte sich alles noch neu und fremd an und du hattest entschieden, unsere Blase der Zweisamkeit aufrechtzuerhalten. Tatsächlich war dies auch nunmehr alles, was mein Gedächtnis hervorbringen konnte: Zweisamkeit.

Ich schüttelte den Gedanken wieder ab, griff nach deiner Hand, suchte deinen Blick, verlor mich in der Musik und zugleich in deinem Lächeln. Doch ich kam nicht um den Anflug grundloser Melancholie umhin, ein dumpfes Gefühl in meiner Magengegend, welches mir – wie ich letztlich vor mir selbst zugeben musste – nur allzu vertraut vorkam. Und plötzlich ging alles ganz schnell und ich erkannte den Grund für meinen Schwermut, als unser Niedergang seinen Anfang fand.

»Hey, Lee! Du auch hier?«

Quinn stand auf einmal neben uns und grinste uns schelmisch zu, wie nur er es konnte. Ich hatte ihn schon immer gemocht für seine offene, unkomplizierte Art. Er nannte die Dinge beim Namen und konnte jeden noch so in sich gekehrten Menschen dazu bringen, mit ihm herzhaft zu lachen – eine Gabe, die ich selbst gerne gehabt hätte. Dass gerade er derjenige sein würde, der zuerst auf uns zukommen würde, hätte ich allerdings nicht vermutet. Er war zwar für jeden Spaß zu haben, doch unbedacht in ein Fettnäpfchen zu treten lag ihm ferner als alles andere und dieser Augenblick schrie geradezu nach Missverständnissen und Peinlichkeiten. So weit sollte es jedoch gar nicht erst kommen, denn sowie Quinn bei uns aufgetaucht war, ließest du meine Hand los und wandtest dich ganz ihm zu. Eine Umarmung zweier guter Freunde, der Austausch von ein paar lockeren Sprüchen und schon suchtet ihr den Weg an die Bar.

Ich kam mir vor wie im falschen Film, alleine stehen gelassen auf einer vollen Tanzfläche, während deine Worte in meinem Kopf widerhallten wie ein Echo, das zwar von dir stammte, aber nicht nach dir klang: »Komm, holen wir uns noch was zu trinken!« Wie geschickt du die Aufmerksamkeit von mir weglenktest und dich von mir entferntest, ohne auch nur einen Blick in meine Richtung zu werfen. Wie leicht es dir fiel, mich stehen zu lassen. Wie fassungslos ich dort stehen blieb, während sich tiefste Unsicherheit in mir ausbreitete wie Gift, das nach und nach meinen gesamten Körper durchtränkte. Wie konnte es sein, dass mich ein Mensch, der so viel meines Vertrauens genoss, nun mit bloßer Bitterkeit im Herzen zurückließ?

Eine unaufhaltsame Kurzschlussreaktion war in Gang gebracht worden: Ich verließ die Tanzfläche, bahnte mir meinen Weg durch die Menge – dass ich dort und da von liebgewordenen Freunden begrüßt wurde, hatte ich gar nicht mehr wahrgenommen – und griff kopflos nach einer Flasche Wein, die unbeachtet auf einem der vielen Stehtische zurückgelassen worden war. Ich hatte aufgehört zu denken und folgte einzig meinem Instinkt. Dieser gab mir ganz klar zu verstehen, dass ich gehen musste – weg von der lärmenden Partygesellschaft, weg von der zu eng gewordenen Tanzfläche und weg von dir. Vor allem weg von dir. Dich dort mit Quinn an der Bar stehen zu sehen, wie du nonchalant deinen Arm am Tresen abstütztest und breit grinsend die Unterhaltung genossest, brachte zuerst ein mulmiges Gefühl der Enttäuschung in mir zum Vorschein, dann Wut. Wie konnte ich nur annehmen, für mehr als beiläufig zu gelten? Wie konnte ich nur glauben, mehr als eine kitschige Geschichte zu sein? Und wie war es möglich, dass ich dieses Gefühl des unvermeidlichen Niedergangs nicht längst hatte kommen sehen, hatte es doch niemals ein Wir außerhalb unserer Blase gegeben?

Zwar hatten wir dem, was zwischen uns war, nie einen Namen gegeben – doch aus gutem Grund: Mir kam es gelegen, denn ich wollte um keinen Preis meine zurückgewonnene Freiheit aufgeben und dies schien mir als bequemer Weg, um sowohl meiner Zuwendung zu dir als auch meinem Freigeist alle Möglichkeiten offenzulassen. Dir schien es als bequemer Weg, um unverbindlich zu bleiben.

Ich nippte an der Flasche Wein, die ich nunmehr als meine ansah, und suchte nach einem ruhigen Plätzchen. Im ersten Stock gab es noch ein zweites Badezimmer, dachte ich. Perfekt, um sich für eine Weile zurückzuziehen und die Gedanken wieder zu ordnen. Hier unten mit dir so ungreifbar vor meiner Nase war dies ein Ding der Unmöglichkeit. In einem unbemerkten Augenblick verschwand ich um die nächste Ecke, die Treppe hoch – und außer Sichtweite. Gut, dass ich mich in Ames' Wohnung inzwischen fast so gut auskannte wie bei mir zu Hause. Ich ging geradewegs auf das Bad zu, trat ein und verschloss die Tür hinter mir. Eine wohlige Stille breitete sich aus. Die Stimmen von unten vermengten sich zu einem dumpfen Brummen und die Musik verklang zu einer sanften Hintergrundmelodie, die zusehends harmonischer klang, je mehr sich die Weinflasche in meiner Hand leerte. Es dauerte nicht lange und mein Kopf hatte sich von allen Gedanken befreit.

Ich hatte jegliches Zeitgefühl verloren, doch die Badewanne, in der ich es mir gemütlich gemacht hatte, fühlte sich bereits wohlig warm und überraschend bequem an, als es plötzlich an der Tür klopfte. Alles in mir sträubte sich dagegen, aufzuschließen.

»Komm schon, Ella! Ich bin's. Mach auf!«, erklang Ames' Stimme am anderen Ende.

Ich konnte nur mutmaßen, wie sie mich hier gefunden hatte, doch es war immerhin ihre Wohnung, also plagte ich mich in die Vertikale und suchte meinen Weg zur Tür. Dies war auch der Moment gewesen, als ich bemerkte, dass der Wein seine Wirkung getan hatte, denn mir war ein wenig schwummrig zumute, während ich zugleich ein vollkommen unerklärliches Selbstvertrauen verspürte – eine Kombination, die zweifelsohne von zu viel Alkohol auf zu nüchternen Magen herrührte.

Der Schlüssel drehte sich wie von selbst im Schloss und Ames stürmte noch in derselben Sekunde herein, da es »klack« gemacht hatte. Sie umarmte mich kurz, sah mich dann mit festem Blick von oben bis unten an und fragte: »Was ist passiert?«

Eine ausgezeichnete Frage, wie ich fand, denn sie brachte alles auf den Punkt, was mich bis vor einer Flasche Wein noch intensiv beschäftigt hatte. Und dennoch war sie kaum zu beantworten, denn eine Antwort allein würde dafür nicht ausreichen. Es würde mindestens sieben brauchen.

»Was hat er getan?«, fragte sie weiter, noch ehe ich eine der sieben Antworten hätte auswählen und zurechtlegen können. Noch so eine gute Frage. Sie schränkte den Rahmen immerhin etwas ein. Darauf konnte ich schon eher antworten, dachte ich, bis ich mich an einem zwar kleinen, aber doch entscheidenden Detail stieß.

»Du weißt von uns?«, fragte ich mit mehr Entsetzen als Wein in der Stimme – zumindest demnach, wie ich es wahrnahm.

»Ella, jeder weiß von euch«, entgegnete Ames.

»Seit wann?«

»Hm ... lass mich nachdenken. Ich glaube, im März waren die ersten Redereien im Umlauf.«

»Dieses Jahr?«

»Letztes Jahr.«

Ich versuchte, unsere gemeinsame Geschichte chronologisch zurückzuverfolgen, doch mein schwummriges Bewusstsein ließ keinen deutlicheren Schluss zu als jenen, der mir letztlich eher unabsichtlich entfuhr als mit klarer Intention.

»Da hatten wir uns doch gerade erst kennengelernt! Das ist viel zu früh ...«, sagte ich – mehr zu mir als zu Ames.

»Jetzt lenk nicht ab! Was hat er getan?«

Immer eine Frage nach der anderen, dachte ich. In meinem Zustand war das leichter gedacht als umgesetzt, zumal ich gerade erst neue Informationen erhalten hatte, die es erst einmal zu verarbeiten galt. Doch ich bemühte mich, schilderte Ames alles, was sich vor wer weiß wie langer Zeit an diesem Abend abgespielt hatte, erklärte, dass es nie so etwas wie einen offiziellen Rahmen gegeben hatte, und endete mit einem tiefen Seufzen. Man hätte meinen können, all das loszuwerden würde dabei helfen, wieder einen klaren Kopf zu bekommen, doch ich wäre am liebsten auf der Stelle zurück in die Badewanne gekrochen. Und dennoch – auch wenn es nur ein winziger Bruchteil unserer gemeinsamen Geschichte gewesen war – tat es gut, zumindest das endlich mit jemandem teilen zu können.

»Ach, Ella, ich verstehe dich nur zu gut. Aber egal, was ich dir dazu jetzt sagen würde – es würde dir nicht helfen. Das musst du schon mit Lee klären. Am besten gleich. Ich geh ihn holen«, schloss Ames unser Gespräch.

»Was? Ames, nein, warte!«

Doch ehe ich ihrem Vorhaben auch nur einen triftigen Grund entgegensetzen konnte, war sie schon zur Tür hinaus verschwunden. Ich überlegte kurz, ob ich vielleicht auch einfach gehen sollte – nach Hause verschwinden, ohne mich den Konsequenzen meiner Handlungen zu stellen. Aber einerseits erwartete mich noch vor der ersehnten Wohnungstür eine aufgeregte Partymenge und andererseits war ich im Augenblick bestimmt nicht in der Verfassung, wohl fundierte Entscheidungen treffen zu können. Stattdessen wankte ich zur Wanne zurück und ließ mich ungelenk wieder hineinfallen.

Gerade als ich bemerkte, dass ich auch einfach wieder hätte abschließen können, standest du in der Tür. Den entschuldigenden Dackelblick, der dir ins Gesicht gezeichnet war, kannte ich nur zu gut; ich hatte ihn schon gesehen, noch lange bevor zwischen uns irgendetwas geschehen war. Damals war es mir noch unmöglich gewesen, ihn richtig einzuordnen. Inzwischen wusste ich es besser. Es war Reue, die deine Mimik prägte. Scheinbar hatte Ames schon reichlich Vorarbeit geleistet, dachte ich, auch wenn deine Worte eine andere Sprache sprachen.

»Da bist du ja!«

Worte, die so gar nicht zu deiner Mimik passten. Doch diese war ohnehin einer pathetischen Maske gewichen, die du bereits vor wenigen Augenblicken auf der Tanzfläche perfektioniert hattest. Ich brauchte kein zweites Mal hinzusehen, um zu wissen, dass es nicht wirklich du warst, den ich da vor mir hatte – und schon wuchs der Ehrgeiz in mir, den wahren Leander zum Vorschein zu bringen. Mit diesem Double von dir wollte ich sowieso nichts zu tun haben.

»Ach, hör doch auf! Ich weiß, dass Ames dich geschickt hat«, entgegnete ich, einerseits tollkühn wegen deines affektierten Getues, andererseits kopflos aufgrund von zu viel Wein.

»Erwischt«, sagtest du – und deine Maske begann zu bröckeln, als du langsam näher an mich herantratst. »Aber sag mal, was ist denn eigentlich los?«

Schon wieder diese Frage. Und ich hatte mich immer noch nicht für eine der sieben Antworten entschieden.

»Ella ...«

Deine Stimme, dein Geruch, du kamst näher.

»Du bist einfach gegangen«, brach es dann aus mir heraus, wobei diese Antwort mit Sicherheit zu jenen zählte, die ich als sehr unwahrscheinlich eingestuft hätte, hätte ich in diesem Moment klarer denken können.

»Was? Meinst du vorhin, als ich mit Quinn was trinken gegangen bin?«, fragtest du verdattert. Diesmal jedoch war deine Verwunderung nicht gespielt, sondern ganz real. Du schienst meine Empörung schlicht nicht nachvollziehen zu können – und das konnte ich dir noch nicht einmal vorhalten, denn zum größten Teil richtete sich diese gegen mich selbst und meinen naiven Irrglauben an ein unausgesprochenes Bündnis.

»Du hast mich einfach dort stehen lassen«, fuhr ich fort, ohne auf deine Frage einzugehen. »Noch nicht einmal angesehen hast du mich.«

Du begriffst auch so, worum es ging.

»Ich habe Quinn schon ewig nicht mehr gesehen. Ich wollte einfach mal wieder was mit ihm trinken und wissen, was sich bei ihm so getan hat, das ist alles. Das hat nichts mit dir zu tun«, entgegnetest du wider Erwarten ruhig.

»Das hat alles mit mir zu tun«, antwortete ich.

»Inwiefern?«

»Weil du kein Wort gesagt hast, Leander! Stattdessen hast du gleich meine Hand losgelassen und warst verschwunden.«

»Oh.«

Mehr kam von deiner Seite nicht.

»Weißt du, ich habe Quinn auch schon lange nicht mehr gesehen. Ich hätte mich auch gerne mit ihm unterhalten. Und wenn wir schon dabei sind: Was weiß denn er von deinen Neuigkeiten?«

Ich merkte, wie ich mich immer mehr in Rage redete. Du bliebst ruhig.

»Ella ...«

Schon wieder mein Name mit deiner Stimme – so sanft, dass es immer wieder etwas mit mir anstellte.

»Nein, ehrlich, ich bin neugierig. Was hast du ihm erzählt?«, bohrte ich weiter in einer Wunde, die ich lieber hätte verschließen sollen.

»Nicht viel«, antwortetest du.

Es mochte der Wein gewesen sein, der mich zu der Annahme verleitete, ich sei auf »nicht viel« reduziert worden, doch im Grunde wusste ich, dass es für mich mehr war und dass nunmehr die Angst aus mir sprach, die vermutete, es könnte dir anders gehen. Und mein Blick musste Bände sprechen, denn du setztest sofort zu einer Erklärung an:

»Weißt du, das ist doch nichts Offizielles und ich will es nicht komplizierter machen, als es ist. Und es läuft doch gut, oder? Wieso also etwas ändern?«

Es war die feigste und zugleich entwaffnendste Antwort, die du mir hättest geben können. Was sollte ich dazu schon sagen? Ja, es lief gut zwischen uns – bisher – und ich versuchte angestrengt, herauszufinden, weshalb sich daran nun für mich etwas geändert hatte.

»Weil ich keine Geheimnisse mehr für mich behalten will, nur um dich zu halten, Leander«, entgegnete ich. Es war die Antwort, die der Wahrheit am nächsten kam, ohne sagen zu müssen, wie ich unser Verhältnis zueinander definierte.

»Und das mit uns läuft doch jetzt schon seit Monaten. Ich weiß ja nicht, ob dir das auch aufgefallen ist, aber da ist etwas zwischen dir und mir. Etwas Besonderes. Auch wenn du es ›nicht offiziell‹ machst«, setzte ich fort.

»Ich weiß«, entgegnetest du und der reumütige Blick war wieder zurück. »Aber mehr kann ich dir nicht geben. Versteh doch, das hat wirklich nichts mit dir zu tun.«

Damit endete unser Gespräch. Es gab nichts mehr zu sagen. Wir waren beide betrunken. Wir wollten beide nicht streiten. Und wir wollten beide nicht, dass an jenem Abend etwas zu Ende ging, das zweifelsohne ein Ablaufdatum hatte. Ob wir es nun wahrhaben wollten oder nicht – der erste Akt unseres Niedergangs hatte bereits begonnen.

Wie sich das Ende einer Ära bemerkbar machen konnte, hatte letztlich wenig mit dessen Folgen zu tun. Es hatte mehr als ein paar achtlose Gesten, leere Worte und falsche Versprechungen gebraucht, bis ich das begriffen hatte. Doch sowie es so weit war und ich meine Lehren aus unserem Niedergang hatte ziehen können, eröffnete sich mir etwas Neues, das weitaus prägnanter war als jede Art der Beziehung, die ich bis zu jenem Zeitpunkt gekannt hatte. Denn diese Lehren trugen mich fort in ein neues Jahr, in ein neues Land und schließlich in ein ganz neues Leben.

WENN DIE FLUT KOMMT ...

Als ich an jenem Morgen meine Wohnung verließ, wusste ich, dass etwas anders war als sonst, ohne sagen zu können, was es war. Ich dachte zuerst an dich. Doch ich hatte noch im Gefühl, wie unsagbar gut mir deine Gesellschaft tat, und so schob ich wochenlang jeden Gedanken beiseite, der auch nur ansatzweise etwas an unserem Verhältnis zueinander in Zweifel ziehen konnte. Stattdessen zog ich es vor, mich auf das Schöne zu konzentrieren. Ich ließ unsere Geschichte wieder und wieder Revue passieren.

Wie im Märchen war die Anziehung zwischen uns von Anfang an greifbar gewesen. Ich musste nichts weiter tun. Es war immer einfach. Dass daraus mehr entstand als eine tiefgehende Freundschaft, war ebenso wenig geplant wie aufhaltbar. Irgendwann hatte es einfach an Sinn verloren, sich gegen etwas zu wehren, das sich seit dem ersten Augenblick angekündigt hatte. Letztendlich galt dies jedoch auch für unser Ende: Wochen, die wie Sekundenbruchteile an mir vorbeizogen in Form einzelner Erinnerungsfragmente. Sie ergänzten einander wie Teile des schönsten Mosaiks, welches einzig existierte, nachdem etwas anderes auf grausame Weise zerschlagen worden war.

In unserer Blase waren wir nach wie vor unzertrennlich. Ich bestellte oft größere Portionen zu essen, um dich probieren zu lassen. Du wartetest geduldig ein paar Momente ab, ehe du die Seiten deiner Bücher umblättertest, damit ich in meinem Tempo mitlesen konnte. Es war einfach, es war wohltuend, es war die schönste Zeit – das war nie anders gewesen. Doch außerhalb unserer Blase waren wir zu einer heimlichen Affäre geworden; auch wenn diese Affäre selbst längst nicht mehr geheim war. Die

Anziehung zwischen uns hatte offenbar von Beginn an derart strahlende Funken hervorgebracht, dass die Menschen in unserem Umfeld zu reden begonnen hatten, noch lange bevor wir selbst uns zu etwas bekannt hatten. Mit der Zeit wurden ihre Worte lauter und drangen fast schon in Form ohrenbetäubender Schreie an uns heran, sodass auch du erkennen musstest, dass wir – wenn auch nur informell – etwas begonnen hatten, das weit mehr war als dieses namenlose, undefinierte Etwas, als welches du es gern gesehen hättest. Und doch erhieltest du nach außen den Schein und trugst deine Maske weiter. Zwar standest du bei jeder Feier spätestens nach dem zweiten Drink neben mir auf der Tanzfläche, setztest dich neben mich, wann immer der Zufall es zuließ, und schufst Momente der Zweisamkeit in überfüllten Räumen, doch wenn es darum ging, mir näher zu kommen, bliebst du eisern. Außerhalb unserer Blase reichte deine Zuwendung nie über eine Umarmung oder einen kurzen Griff nach meiner Hand hinaus. Und selbst dann ergriffst du sie nur, um mich irgendwohin zu führen. Nur um sie binnen weniger Sekunden wieder loszulassen.

Ich versuchte, mich über das mulmige Gefühl in meiner Magengegend hinwegzusetzen, immer in der Hoffnung, die Zeit wäre auf unserer Seite. Manchmal gelang es mir gut. Immer wenn während einer Party die Lichter ausgingen und du mich unbemerkt zur Seite ziehen und küssen konntest. Immer wenn du mich auf dem Weg zur Toilette abfingst, um mir zu sagen, wie schön ich aussah. Immer wenn wir uns frühzeitig von irgendwo verabschiedeten, um uns wenig später in einem Schlafzimmer wiederzufinden. Wir träumten weiter, während sich unsere Blase mit Wasser füllte und die einzige Frage, die es noch zu stellen galt, jene war, ob wir lernen würden zu schwimmen.

Es sollte der Tag kommen, an dem uns die Flut überraschen würde – und als es so weit war, waren all meine Illusionen mit einem Mal dem Ertrinken nahe. Dafür brauchte es nicht mehr als einen Nachmittag mit Freunden im Café um die Ecke und eine unschuldige Frage, die mir die gnadenlose Wirklichkeit um die Ohren schlug wie eine steife Brise die salzige Meeresluft: Du und ich waren nicht mehr als ein endloser Sonnenuntergang – faszinierend und wundersam anzusehen in jedem Tagtraum, doch zum Sterben verdammt in der Realität.

»Und, Lee, wann geht's bei dir los? Wolltest du nicht auch nächstes Wochenende wegfahren?«, warf Clara in die Runde, nachdem sie einen großen Schluck ihres entkoffeinierten Cappuccinos genommen hatte. Ihr dunkles, buschiges Haar bewegte sich mit jeder ihrer Regungen mit und streifte immer wieder über Quinns Gesicht, der die einzelnen Strähnen inzwischen nur noch aus seinem Sichtfeld verbannte, indem er sie wild in Claras Richtung pustete.

Niemanden am Tisch schien diese Frage sonderlich zu überraschen, doch dein Blick wanderte sofort zu mir – um zu deuten, wie ich diese Neuigkeit aufnahm, vermutete ich. Denn im Gegensatz zu Clara, Mia und Quinn hatte ich nichts von deinen Reiseplänen gewusst. Am liebsten hätte ich mich gleich mit fünf Folgefragen oder mehr dieser einen Frage angeschlossen: Du hast vor zu verreisen? Wann? Mit wem? Warum hast du mir nichts davon erzählt? Wann wurdest du zu diesem Fremden im Raum, dessen Lächeln nicht länger ansteckend, sondern vielmehr erniedrigend geworden war?

Doch ich hatte nicht vergessen, den Schein zu wahren, also sagte ich nichts. Stattdessen starrte ich stur auf meine Kaffeetasse, während ich deiner Antwort lauschte, deine Blicke in jeder Sekunde auf mir spürend, in der ich weiter schwieg.

»Am Freitag«, entgegnetest du kurz und knapp, als ob jede weitere Information dich noch mehr in Bedrängnis bringen würde.

»Nach Italien, oder?«, bohrte Clara weiter. Sie konnte es nicht ahnen, doch ich war ihr für jede weitere Frage dankbar. Immerhin bedeutete jede Frage von ihr eine weniger für mich – und meine Antworten bekam ich dennoch.

»Ja, genau«, antwortetest du. »Wie jedes Jahr eigentlich.«

Deine Worte konnten trotzdem nicht den Grund allen Übels ausmerzen: Du hattest begonnen, mich auszuschließen. Und ich wusste plötzlich, dass ich für dich nicht mehr als eine Statistin war, während du für mich zum Protagonisten geworden warst.

An diesem Tag waren wir nicht verabredet gewesen. Nachdem ich mich jedoch als Erste von unserer kleinen Kaffeerunde verabschiedet hatte, musste ich nicht lange auf eine Nachricht von dir warten. Nur wenige Minuten, nachdem ich gegangen war, erschien dein Name auf meinem Display und die folgende Nachricht unmittelbar darunter: »Hey, hast du noch Zeit, bei mir vorbeizukommen?«

Zeit ja. Doch ich war mir nicht sicher, ob ich weiterhin fähig sein würde, zu träumen. Es fühlte sich immer mehr danach an, als wäre unsere Blase inzwischen zu klein für uns beide geworden, überflutet von den Meinungen und Ansichten anderer, getrübt in einer Farbe, mit der ich mich nicht länger identifizieren konnte. Die Leichtigkeit war verschwunden und die Sinnhaftigkeit, an einer sterbenden Sonne festzuhalten, schwand mit jedem Gedanken mehr. Die Anziehung zwischen uns bestand jedoch nach wie vor und obgleich ich kein gutes Gefühl dabei hatte, sagte ich deiner Einladung zu.

Eine Stunde später stand ich vor deiner Tür. Du öffnetest. Dein Blick sprach Bände. Ich trat ein. Die Atmosphäre änderte sich schlagartig – als sei es das letzte Aufbegehren einer verlöschenden Leidenschaft, fielen wir einander erst in die Arme, dann um den Hals. Und wie zu erwarten war, glühte die Flamme vor ihrem Erlöschen am hellsten. Wir waren uns so nahe wie niemals zuvor.

Vertrautheit hing in der Luft, als wir beide nach Kräften versuchten, das unvermeidbare Streitgespräch hinauszuzögern, unsere Körper immer noch ineinander verschlungen. Meine Locken auf deiner Brust, dein Kinn auf meinem Scheitel. Ich wollte diesen Augenblick um keinen Preis enden lassen, also begann ich unser Gespräch in eine Richtung, die ich – wie ich angenommen hatte – kontrollieren konnte.

»Das mit uns funktioniert doch, oder, Leander?«, durchbrach ich sanft unser zweisames Schweigen. »Du willst mich doch noch ...?«

»Natürlich!« erwidertest du, kaum da ich meine Gedanken laut ausgesprochen hatte. In deinem Gesicht zeichnete sich jedoch kein Lächeln, sondern ein entsetzter Ausdruck ab, als ob du überrascht gewesen wärst, dass ich diese Frage überhaupt zur Diskussion stellte. Meine Begründung dafür folgte jedoch auf dem Fuße:

»Wieso hast du mir dann nichts von deinem Urlaub erzählt?«

Eine lange Pause trat ein, in der ich dich regelrecht denken hören konnte. Ich wusste, du wolltest mich nicht verletzen, doch in jenen Sekunden des Schweigens machte ich mich auf einen Gnadenstoß gefasst.

»Ich wollte dir keine falschen Hoffnungen machen«, antwortetest du. Ich ließ es so stehen, denn als Begründung reichte mir dieses bisschen nicht aus. Du verstandst und sprachst weiter, immer noch mit deinen Beinen über meinen liegend, meinen Kopf auf deiner Brust.

»Ich weiß, dass du mehr willst, als ich dir geben kann, und ich will nicht den Anschein erwecken, als würde es dazu kommen. Deshalb versuche ich, langfristige Pläne von dir fernzuhalten. Du sollst nichts Falsches von mir annehmen oder unrealistische Erwartungen entwickeln, die dich am Ende nur enttäuschen.«

Immer noch ließ ich deine Bemerkungen unkommentiert.

Diesmal jedoch nicht, weil sie zu wenig Aussagekraft hatten, sondern weil sie mich mehr trafen, als ich zugeben mochte. Es war, wie ich angenommen hatte, mein Gnadenstoß. Bevor du antwortetest, konnte ich noch glauben, dass die Zeit für uns lief, dass diese tiefgreifende Zuneigung, die uns spürbar miteinander verband, zu etwas führen konnte, was ich inzwischen mehr begehrte als vieles andere. Nun aber wusste ich es besser: Deine Worte brachten die Flut mit sich, die unsere Blase langsam aber sicher überschwemmte, und ich konnte entweder in ihr ertrinken oder sie zum Platzen bringen. Bei diesem Gedanken wurde mir derart übel, dass ich mich aufsetzen musste. Ein Moment, der dich nun dazu zwang, mir eine ähnliche Frage zu stellen wie jene, die ich nur wenige Augenblicke zuvor an dich gerichtet hatte:

»Ella, das mit uns läuft doch gut, oder?«

Ich verspürte einen durchdringenden Schmerz, der von meiner Magengegend bis in meine Nieren ausstrahlte. Ich konnte nicht antworten, suchte gedanklich verzweifelt nach einer Form der Zustimmung. »Es läuft doch gut, oder?«, fragte ich mich selbst. Wir verbrachten schließlich die schönsten Momente miteinander. Unsere Vertrautheit war immer noch greifbar mit jedem Blick, jeder Berührung, jeder Geste. Wir sahen nach wie vor das Beste im jeweils anderen und kehrten die liebevollsten Facetten ineinander hervor. Es war auch jetzt noch eine besondere Beziehung, die uns verband. Doch sie würde sich niemals weiterentwickeln. Ich würde niemals bekommen, was ich brauchte. Und ich würde auch niemals darauf hoffen können. Ganz gleich, worin auch der Grund für diesen mir unerträglichen Stillstand begraben lag – dies war der Augenblick, in dem sich mehr als deutlich offenbarte, dass die Zeit gegen uns lief. Ich hätte mich über diese Erkenntnis erheben können, sie schlichtweg ignorieren und darauf hoffen können, dass ich mich irrte. Doch dies würde mich zu einer bedauernswerten Zuschauerin meines eigenen

Lebens machen – und damit erhielt ich nunmehr die Befugnis, eine Blase zum Platzen zu bringen, die einst nur Schönes barg.

Langsam schüttelte ich den Kopf. Du setztest dich auf, legtest deinen Arm um mich und hieltest mich fest, als ich merkte, dass ich weinte. Es war ein derart unkontrolliertes Weinen, das von unerklärlichem körperlichen sowie emotionalen Schmerz herrührte und das ich nicht zu stoppen vermochte, so sehr ich mich auch dagegen wehrte. Unsere Beziehung war niemals wirklich gewesen und hatte eine solch gefühlsbetonte Ebene nicht vorgesehen, dachte ich. Und doch brach sie nun aus mir heraus und zwang mich dazu, dich damit zu konfrontieren. Aber so sehr ich mein Schluchzen auch unterbinden wollte, so schön war es gleichwohl, deine Reaktion darauf zu spüren. So schön, dass es mich schon wieder traurig stimmte, da ich genau wusste, es würde das erste und zugleich letzte Mal sein, dass ich unser Potenzial, unsere Funken, unser Wir so deutlich würde vor mir sehen können.

»Siehst du, und dabei wollte ich dir nie wehtun«, flüstertest du und küsstest meine nackte Schulter, während sich das Weinen langsam legte. Ich wusste, es war die Wahrheit. Du wusstest, du hattest es dennoch getan.

Als ich an jenem Abend deine Wohnung verließ, wusste ich nicht, wohin es mich ziehen würde. Ich war überschwemmt worden von einer Flut, die ich so nicht hatte kommen sehen, und fühlte mich immer noch ohnmächtig, als ich erkannte, wie mächtig schon ein paar wenige Worte sein konnten. Sie vermochten Schmerz sowohl zuzufügen als auch zu lindern. Ich hatte beides erlebt und würde erst lernen müssen, sie als das zu nehmen, was sie waren: gute Freunde, die auf meiner Seite standen, um mich voranzubringen in eine Richtung, die ich womöglich selbst noch nicht kannte.

EIN NEUES LEBEN

Fast ein Jahr war vergangen, seitdem ich in den Norden gezogen war. Es kam mir vor wie eine Ewigkeit und ein Wimpernschlag zugleich. Ich spazierte die Straße entlang, als wäre es nie anders gewesen, mein Ziel bereits vor Augen. Unzählige Male schon war ich diese Strecke abgegangen – ich hätte es nicht einmal mehr zählen können. Es war zu meiner eigenen kleinen Tradition geworden.

Im Café um die Ecke begrüßte mich Freja mit einem strahlenden Lächeln, jenes, das mir immer schon das Gefühl gegeben hatte, willkommen zu sein. Ich war zwar sicherlich die treuste Kundin im *Yndlingsbutik*, doch inzwischen war ich auch eine gute Freundin geworden. Freja und ich plauderten oft stundenlang, wenn an Montagen nichts los war. Mit ihr hatte ich meinen ersten Midsommar auf Hven verbracht. Dank ihr hatte ich Anschluss gefunden in meiner neuen Heimat. Und auch heute wechselten wir erst ein paar Worte, bevor sie mir meinen Lieblingskaffee und ein Stück Plunder brachte. Ich setzte mich, wie üblich, an den Tresen am Fenster, um draußen die Menschen zu beobachten, die an mir vorbeizogen wie geruhsame Boote, die über das Wasser glitten. Sie strahlten diese Gelassenheit aus, aufgrund derer ich mich sofort in die Stadt verliebt hatte.

Inzwischen war ich angekommen. Ich hatte mir ein neues Zuhause geschaffen, neue Menschen in mein Leben gelassen, einen Alltag etabliert, von dem ich lange Zeit nur hatte träumen können. Doch durch dich hatte ich wieder träumen gelernt. Auch wenn es unzählige Schritte gebraucht hatte, bis ich an jenem Punkt angelangt war, an dem ich heute stand – ich hatte nicht aufgehört zu träumen. Ich hatte meine Schritte gesetzt, einen nach dem anderen, bis ich am Ziel angelangt war. Trotz der Angst, die mich währenddessen immerzu begleitet hatte. Trotz meiner Selbstzweifel. Trotz deiner Abwesenheit. Ich lebte nunmehr in meinem ganz persönlichen Wunderland.

Wenn man einen geliebten Menschen lange Zeit fast täglich um sich hatte und es gewohnt war, sich miteinander auszutauschen, sich nahe zu sein und einander alles anzuvertrauen, konnte es nur zur Herausforderung werden, mit dieser Gewohnheit zu brechen. Nachdem du nicht länger Teil meines Lebens warst, sah ich mich dieser schier unüberwindbaren Hürde gegenüber. Immer wenn ich etwas gelesen hatte und dir nichts davon erzählen konnte. Immer wenn ich deine Meinung zu einem Thema, einer Situation oder einem Ereignis wissen wollte. Immer wenn ich mich nach einem langen Tag nach deinem Lächeln sehnte, einer Umarmung von dir und deinem Duft in der Nase. Immer dann erforderte es meine ganze Selbstbeherrschung, um mich von dir fernzuhalten.

Wie konnte ein Mensch, der nur kurze Zeit Teil meines Lebens gewesen war, tiefere Wunden in mir aufreißen als jener, der über zehn Jahre lang als Partner an meiner Seite stand? Eine Beziehung, die niemals wirklich gewesen war und die mich dennoch jede meiner eigenen Entscheidungen in Zweifel ziehen ließ: Hätte ich auch nur ein einziges Mal anders gehandelt, wäre dann alles gut gegangen? Wären wir glücklich geworden miteinander? Lag es an mir, dass wir nie eine Chance hatten, das Paar zu sein, das wir hätten sein können? Es hatte eine Zeit gegeben, da mit dir Glück, Zuversicht und Vertrauen in mein Leben zurückgefunden hatten. Und nun musste ich mich fragen, wie ich mich verhalten sollte, nachdem du mich zutiefst verletzt hattest, während ich gleichsam wusste, auch dich verletzt zu haben.

Ich hielt es mit der Herangehensweise, meine Sehnsucht so weit wie möglich von mir wegzuschieben, da ich sehr wohl wusste, dass sie meine Erinnerungen geradezu meisterhaft trüben konnte. Ich versuchte, meine eigenen Bedürfnisse in den Fokus zu rücken, und fragte mich, was ich mir von meinem Leben erwartete. Eine grundlegende Frage, die für mich kaum zu beantworten war. Einmal gestellt, kam ich nicht umhin, zu bemerken, wie weit ich bereits von meinem ursprünglichen Weg abgekommen war, wie sehr sich meine Richtung verändert hatte und wovon ich gelernt hatte, zu träumen: von einem Leben im Norden, von einem Beruf, der mich ganz und gar ausfüllte, und von einem Alltag, in dem ich jene Leichtigkeit erfahren durfte, die ich auch mit dir gespürt hatte. Wir hatten zahlreiche Stunden damit zugebracht, all diese Vorstellungen zu einem eindrucksvollen Gesamtbild zusammenzusetzen. Mir dir war mir das Träumen wieder gelungen. Nun gab es nur noch mich – und dennoch nahmen meine Träume in jenem zeitlosen Lebensabschnitt ohne dich mehr Konturen und Farbe an denn je. Ich begann, in eine Zukunft ohne dich zu blicken, und malte mir aus, wer ich sein wollte. Da geschah es, dass ich zum ersten Mal zu einer vollständigen Person wurde – mit eigenen Zielen, eigenen Wünschen und eigenen Ambitionen, die einzig die meinen waren. Ich beobachtete, wie sich unser Gesamtbild nach meinen Vorstellungen neu formte, und sah einen Weg vor mir, von dem ich plötzlich genau wusste, dass ich ihn beschreiten würde.

Meine Sehnsucht nach dir schwand, als ich den ersten Schritt gesetzt hatte, meinen sicheren Weg verließ und meinen Job aufgab. Sie wurde erträglich, als ich eine neue Wohnung in einer neuen Stadt gefunden hatte, und war nur noch ein dumpfes Echo, als ich beschloss, einen neuen Weg als freischaffende Künstlerin zu gehen, in einem Land, dessen Sprache ich erst lernen musste und dessen Richtlinien für ein berufliches Leben wie jenes, das ich mir ausgemalt hatte, mir noch völlig fremd waren. Doch ich wagte es, weiter zu träumen. Ich setzte einen Schritt nach dem anderen und kurz bevor ich mein neues Leben begann, erzählte ich auch unseren gemeinsamen Freunden davon. Ich wollte, dass du erfuhrst, wie weit mich unsere gemeinsame Zeit gebracht hatte. Ich wollte, dass du erfuhrst, dass du meinen Weg bis dorthin entscheidend geprägt hattest. Und ich wollte, dass du erfuhrst, wie dankbar ich dafür war.

Doch entgegen meinen Erwartungen sollte ich nichts mehr von dir hören. Um mich zu vergewissern, dass du von meinen Neuigkeiten wusstest, fragte ich vor meiner Abreise nochmals bei Ames nach. Sie versicherte mir, dass du jedes Detail erfahren hattest – und dir war bewusst, wie viel mir diese Entscheidungen abverlangt hatten, was es mir bedeutete, mich auf sie einzulassen, und dass sich damit gleich mehrere Lebensträume für mich erfüllten. Und dennoch entschiedest du dich für den sicheren Weg und dafür zu schweigen – der letzte Sargnagel einer Liebesgeschichte, die nie eine hatte sein dürfen.

Diesmal war es keine Flucht gewesen, die mich fortgetrieben hatte. Es war die Zuneigung für eine Zukunft, die ich mehr begehrte als alles andere.

Ich sah mich um, blickte auf die liebevoll dekorierte Straße vor dem Fenster, sah über meine Schulter zurück ins Café, zu Freja, die meinem Nachbarn soeben sein drittes Stück Kuchen gebracht hatte, und auf meine To-do-Liste für die nächsten Tage, die mir abermals bewies, dass ich es geschafft hatte, dass ich Fuß gefasst und mir einen Namen gemacht hatte als freischaffende Künstlerin in einer Stadt, in der ich mich mehr zuhause fühlte als sonst wo auf der Welt.

Ich sah zurück und blickte auf alles, was ich überwunden hatte – völlige Vereinnahmung, Fremdbestimmung, Schuldzuweisung, Ablehnung – und ich verspürte nichts als Stolz. Aber nicht darauf, dass ich es geschafft hatte, all dies hinter mir zu lassen, sondern darauf, dass ich gestärkt daraus hatte hervorgehen können. Wohin mich diese Willensstärke gebracht hatte, hätte ich mir vor einem Jahr vermutlich selbst noch nicht geglaubt. Inzwischen wusste ich, dass genau das alles war, was ich brauchte.

EPILOG
ZUR GRAUEN STUNDE

Nachdem ich aufgewacht war, loderte gleißendes Feuer in mir, eine Kraft, die ich nunmehr allzu gut kannte. Ich richtete mich auf, schob die Vorhänge neben meinem Bett beiseite und warf einen Blick hinaus in die Nacht. Der Mitternachtsglanz begann zu verblassen; die graue Stunde brach an. Inspiration durchzog meine Glieder mit wärmenden Funken, die zu pulsieren begannen, während ich die kühle Salzluft einatmete, die durch das offene Fenster ins Zimmer drang. Diese Zeit hatte etwas ganz und gar Magisches an sich. Die Insel schien noch zu schlafen und die erste Fähre würde erst Stunden später anlegen. Und so konnte ich den vereinnahmenden Grauschleier um mich herum in all seiner Schwere auskosten, bevor er vom glühenden Morgenrot durchbrochen werden würde.

Vor zwei Jahren hatte ich diese einzigartige Stimmung zum ersten Mal erlebt, als ich auf der Suche nach einem Rückzugsort fernab der Stadt blindlings in eine Fähre stieg und vollkommen planlos hier ankam. Wie das Schicksal es wollte, standen noch ein, zwei abgelegene Ferienhäuschen frei und da es bereits zu spät war, um wieder zurück aufs Festland zu fahren, mietete ich mich für eine Nacht ein. Es sollte nicht die einzige bleiben. Denn ich genoss die grauen Stunden. Ich genoss das Leben fernab vom Trubel. Ich genoss den langsamen Alltag und die Freiheit, meine Gedanken ziehen zu lassen. Nirgendwo sonst hatte ich bisher derart viel Kreativarbeit geschaffen wie an jenem Ort. Und so kam ich jedes

Jahr wieder, gelenkt und behütet vom Zauber der grauen Stunden auf jener Insel, die mich in den frühen Morgenstunden in der Nase kitzelten und aus dem Bett lockten.

Ich setzte die Füße auf den kalten Boden, zog mir notdürftig etwas über und machte mich auf in die Nacht, solange sie noch andauerte. Die Straßen waren leer, die Häuser wurden noch verschluckt vom letzten bisschen Dunkelheit. Einzig ein paar Vögel waren bereits im Glanz des neuen Tages angekommen.

Ich spazierte einen schmalen Pfad entlang, der von Wurzeln durchzogen und über und über mit Sand bedeckt war. Doch ich kannte ihn inzwischen zu gut, um zu stolpern – selbst schlaftrunken im Dämmerlicht des angrauenden Morgens. Er führte mich hinaus aus der kleinen Siedlung, hoch zum Aussichtspunkt der Insel, wo kalkweiße Klippen auf tosendes Wasser und durchtränkte Sandstrände trafen. Diesen Ort hatte ich im Traum bereits hunderte Male besucht, ohne jedoch gewusst zu haben, dass er wahrhaftig existierte.

Ich setzte mich auf die Bank, die dort bereits vor Jahrzehnten aufgestellt worden war, lauschte den Wellen, als sie gegen die schroffen Felsen weit unter mir peitschten, und spürte nichts als unbändige Freiheit, während die graue Stunde ihre Wunder wirkte und Zeit keine Rolle mehr spielte. Fröstelnd schlang ich meine Strickjacke noch enger um meinen Körper und schob meine Hände in die kleinen Seitentaschen, als ich linksseitig auf einen sanften Widerstand stieß. Es war ein Stück Papier, das zu meiner ersten Ausstellung in einer Woche einlud. Als ich einen flüchtigen Blick darauf warf, musste ich schmunzeln. Auch heute kam mir mein Leben oft noch wie ein Traum vor. Ich verbrachte meine Tage weit weg von meiner Heimat; in einer Stadt, in der ich mich mehr zu Hause fühlte als jemals zuvor; auf einer Insel, die mich unweit davon wie ein zweites Heim willkommen hieß.

Die Menschen in meinem Leben füllten meinen Alltag mit Verständnis, Liebe und Leichtigkeit. Meine Berufung füllte ihn mit einem Sinn.

Langsam durchbrach das schillernde Morgenrot den grauen Nebel der Nacht. Ich schloss die Augen, atmete tief durch und genoss das farbenprächtige Spektakel, als ich sie wieder öffnete, da ich wusste, dass alles, was ich sah, wirklich war. In jenem Moment hatte ich meinen Frieden gefunden – an diesem Ort, durch mein Tun, in mir.